素材採取家の異世界旅行記

MATERIAL COLLECTOR'S ANOTHER WORLD TRAVELS

10

木乃子増緒

KINOKO MASUO

クレイストン
顔が怖いドラゴニュートの戦士。本気の戦闘時は魔王化する。
ブロライト
見た目は絶世の美女だが、中身はおっさんという残念エルフ。
謎の精霊
手のひらサイズの精霊さん。ちょっとうざい。
ヘスタス
お調子者の鋼鉄イモムシ。一応、リザードマンにとっての英雄。

ビー
タケルの相棒の
子ドラゴン。
タケルとカニが
大好き。
モモタ
コタロの弟。
かわいい。とにかく
かわいい。
タケル
ひょんなことから
異世界で「素材採取家」
となった本作の主人公。
食べることと
お風呂が大好き。
コタロ
犬獣人の王子様。
岩をも砕く
強力な爪を持つ。
主な登場人物

＋　＋　＋　＋　＋

パンは好きだが白飯も好き。炊き込みご飯はもっと好き。米とおかずを一度に食えるって最高じゃね？　鳥釜飯《とりかまめし》うまいよね。

そんなわけで皆さんこんにちは、素材採取家のタケルです。

北の大陸パゴニ・サマクに住む魔族《まぞく》に目を付けられ、強引に拉致《らち》られました。笑えない。

どうにも俺が持つ膨大《ぼうだい》な魔力を利用しようと拉致ったらしいんだが、大人しくハイどうぞ、なんて言うことを聞いてあげる俺ではありませんことよ。

あれだけ便利に使っていた魔法が使えない。というのも、パゴニ・サマクは魔素がとても薄い大陸だったのだ。

魔法を使えなくはないのだが、無理に使えば気絶という代償を払うことになる。

俺が使う魔法はやたらと燃費が悪いことが判明。優しい魔族ハヴェルマたちに魔法の使い方を教わり、そいそいっと省エネ魔法の使い方をマスター。やればできる俺。知ってた。

愉快《ゆかい》なイモムシ電池《でんち》ことリザードマンの英雄ヘスタスを相棒に、鋭い爪で俺の頭皮をいじめてくれる生臭《なまぐさ》い仔竜のビーが傍《そば》にいない現実に寂しさを募《つの》らせつつも、なんとか生きています。

生きようと思えばどこまでも貪欲《どんよく》に生きられるのが人間だ。木の枝を、調理してみりゃゴボウだよ。さすがトンデモマデウス。

調味料と食材があればもっとうまいもんが食えるのにと、泣く泣くごぼうサラダで腹を満たす日々。朝夕お通じばっちこい。

俺の内臓事情はともかくだ。

ハヴェルマと相反する魔族、ゾルダヌの王城に連れてこられた俺は、ゾルダヌの王である通称魔《ま》王《おう》に喧嘩《けんか》を売りました。俺の魔力を吸うのが目的という魔王から、魔力発生装置扱いされたのに、怒るなって言うほうが無理でしょう。

魔王との対面後、俺は王城から抜け出すためにあちこちブチ壊し、俺に寝床を提供してくれた優しいゾルダヌの第二王女様、ルキウス殿下《でんか》を逆に拉致。何を言っているのかわからないだろう。俺も勢いとはいえ何をしたんだかと思うよ。

だが、俺が考えていた以上にハヴェルマとゾルダヌの対立は酷《ひど》くて。

パゴニ・サマクの魔素が薄い問題もわからないままで。

そうした混乱の最中《さなか》、豆柴《まめしば》に酷似《こくじ》した犬獣人の始祖であるコポルタ族が仲間になった。可愛い。ビーがいない寂しさを彼らもふもふ軍団で癒《いや》されつつ、さてどうやって王城から脱出しようかと企《たくら》み……目論《もくろ》み……算段《さんだん》しているところです。

はてさてどっせい、俺の運命や如何《いか》に？

1　魔石《ませき》の山を頂戴《ちょうだい》いたす

コポルタ族の傷を一通り治療した俺は、ヘスタスを頭に乗せたまま魔石を吟味《ぎんみ》していた。

鋼鉄のイモムシにしか見えないヘスタスは、例のごとく不思議な精霊さん、という設定にした。

しかも、ヘスタスは俺の守護精霊だとか言いやがったのだ。貧乏神の間違いじゃないの。

魔石坑《ませきこう》から発掘された魔石は種類が豊富で、魔素そのものを閉じ込めた後天魔石《こうてんませき》をはじめ、いろいろとあるらしい。また普通の鉄鉱石や銀鉱石、時々イルドラ石も発掘されているようだ。

だがドワーフたちが喜びそうな鉱石類はクズ石として処理され、ここでは魔石以外はゴミ同然の扱いになっていた。

ゾルダヌの連中、ドワーフにも喧嘩を売るつもりか。

鍛冶《かじ》職人のグルサス親方がこの場にいたら、怒髪天《どはってん》で怒鳴《どな》り散らしていただろう。

「タケル、これはでけぇぞ」

「でけぇけど、魔素量はこっちのほうが多い」

「それじゃあ、これはどうだ」

「お。いいね、これ。小さいし軽いけど、魔素量が多い。はいこれよろしく」

「お任せを！　わんっ」

「わんわんっ」

可愛い。

どう見ても豆柴にしか見えない彼らは、これでも立派な成人男性。つぶらな瞳と小さな鼻、赤茶色の毛にくるりん尻尾《しっぽ》。二足歩行で手先を器用に使ってはいるが、見た目だけならば小型の柴犬と遜色《そんしょく》ないのだ。

顔がにやけてとろけないよう引き締め、俺はヘスタスと小さい魔石を選びつつ、選んだ魔石をコポルタ族に手渡していった。コポルタ族はそれぞれ協力し合い、バケツリレーならぬ魔石リレーで魔石を保管庫の外へ。

ここはゾルダヌの王城のはるか地下。コポルタ族が強制収容され、魔石を掘るためだけに使役《しえき》されていたサピュル魔石坑《ませきこう》――という名前でした。

その坑道内には特殊な魔法が施《ほどこ》された扉があり、中には採掘されたばかりの新鮮な魔石がごろごろ保管されていた。そんな物を放置するなんて考えは、俺には毛頭なくて。

もともとはコポルタ族が採掘した物だ。彼らが使って何が悪い。土地はゾルダヌの物？　知ったことか。労働に見合う対価を支払っていないのだから、この魔石の所有権はコポルタ族にある。

魔石は彼らが使う微々たる魔法の糧《かて》。

彼らコポルタ族は、良識ある一部のゾルダヌらから魔法の扱い方を教わり、水を生み出す魔法を使えていた。

だが、飲み水は魔法で出せるだろうからって、水の配給すらなかったんだって。ほんともう、あの王の角《つの》をひっつかんでぐるんぐるんぐるんにブン回してお空の彼方《かなた》に飛ばしてやりたい。

食べる物といえば、坑道内にあるわずかなコケや植物。たまに謎《なぞ》の虫肉団子。うへえ。

ここ何年もまともに食べていないのだとか。

よし。

雑炊粥《ぞうすいがゆ》だな。

作りましょう。

腹いっぱいでもう食えないってギブアップするまで食わせてやろう。

みんなで協力して使えそうな魔石をすべて坑道の巨大なホールに集めると、ちょっとした魔石の山になった。

「タケルさん、この魔石をどうするのですか？」

コポルタ族の執政官レオポルンが集められた魔石を眺め、不安そうに問う。

そりゃいただくに決まっているでしょう。

城内にはたくさんの魔石があったからな。この山の一つくらいなくなっても、ゾルダヌたちはしばらく暮らせるはずだ。今すぐに死ぬほどのこっちゃない。不便にはなるだろうが。

これだけの魔石があれば転移門《ゲート》が難なく作れる。転移門《ゲート》の先はコタロの服に忍ばせた地点石《ポイント》。王宮内を逃げるついでに装飾用の魔石を失敬し、魔力を込めて地点石《ポイント》へと変化させておいたのだ。

どれだけ離れていても、地点《ポイント》さえあれば転移門《ゲート》で逃げられる。逃げる先をトルミ村に設定しても良かったんだが、さすがに大陸間を越えるとなると今ある魔石だけでは魔力が足りない。

本当はこの魔石の山を使ってビーの魔力を探知したかったが、いろいろ考えてやめておいた。ビーたちが常に移動をしているとしたら、見つけにくいのだ。クレイたちがいつまでも一か所に滞在していると思わない。

俺が拉致されたろ？

ビーが騒ぐだろ？

プニさんが供物《くもつ》がどうのと愚痴《ぐち》るだろ？

クレイとブロライトが飯のことを心配するだろ？

それじゃ捜そうかね、となるはずだ。

お願いそうであって頼むから。

俺はヘスタスと吟味した魔石の山を前にし、大きく腕を回して深呼吸。

「まずは、この坑道内にいつでも戻ってこられるよう、地点確保《ポイント》――固定《フィク》」

魔石を一つ手に取り、魔力を込めてから地面に埋める。

コポルタ族たちは俺の一挙手一投足《いっきょしゅいっとうそく》に集中。何百という柴犬軍団に見つめられると、ちょっと緊張する。

「続いて坑道の入り口に蓋《ふた》をする」

あの王の魔力がどれほどのものか知らないが、絶対に破壊できないような結界を作ってやる。

何よりも、コポルタたちの安全。

王が俺の取引……かなり一方的ではあるが、ルキウス殿下の身柄が惜《お》しくばコポルタ族を解放せよ、という強迫にどう返答するかが問題。

十中八九どころか、百パー「そんなの好きにしろ」だろうな。きっと殿下を返さなければコポルタ族を犠牲にするだろう。あの王のことだ、一人ずつ公開処刑とか言い出すかもしれない。とんでもない。

殿下は俺に「王を助けてくれ」とは言わなかった。ゾルダヌというくくりの中に入れられていたかもしれないが、もし王も助けてほしいのならそう言うだろう。

だが、言わなかった。

ということはだ。

殿下は王に対しては諦めもあるのではないかな。殿下は何度もコポルタ族の処遇改善を訴えていたが、聞き入れてもらえなかったんだ。さぞ悔しかっただろう。

話を聞いてくれない親って最低だよな。あと、価値観を押しつけてくるやつ。問答無用《もんどうむよう》で従えって感じの上司とか。主義主張を言う前に冷静になってみろってんだ。

ともあれ、もしも俺の言い分が聞き入れられなかった場合、コポルタ族を人質《ひとじち》にされるわけにはいかない。

「ふーーーっ、絶対に破られない壁。誰の介入も許さない魔法。俺だけが解除できて、俺だけが破壊できる、そんな結界……そうだ、障壁《エスクディエ》！」

俺が放った魔法は、坑道の入り口にビタッと張り付いた。透明だけどわずかに虹色《にじいろ》に輝く、絶対障壁。

結界と違うところは、形を変えることができないうえ、決められた場所から動かせない。

だがしかし、どれだけ強い魔法をブチ当てても破れない。ぶつけられた魔力を吸収し、更に強固な壁となるよう願いを込めた。

東の大陸グラン・リオの守護神である古代竜ボルさんくらいの力があれば、爪の先でぱきょっと壊せるだろうが、この障壁はビーにも破れないだろう。

合同村での古代狼《シグリドオルフェイウス》、オーゼリフ戦の時、この魔法を思いついていればなあ……

いくら魔力が強かろうと、魔法を思いつかなければ意味がない。

「タケル、タケル、これすげえ！　ものっすげえ！」

興奮して障壁に頭からブチ当たるヘスタスは、障壁の威力を肌で感じているようだ。攻撃すると、魔力を吸われるぞ。

「よし、これでゾルダヌたちは坑道内部に入ることができない。新たに魔石を仕入れることが難しくなる」

俺が障壁を撫《な》でながら言うと、コポルタたちは一斉に拍手。肉球のぽふぽふ聞こえる拍手が和《なご》む。

「もしもゾルダヌたちがここに来て、この壁を開けろと言っても知らんぷりしてください。聞こえなーいって耳を塞《ふさ》いでくださいね」

「わかりました！」

「聞こえないふり！」

「ぼく得意だよ！」

「あたしもできるよ！」

おおう、おおう、俺の足元で仔犬軍団が喜び跳ねる跳ねる。

魔石の山からいくつか手ごろな魔石を失敬して、次なる準備。

「レオポルンさん、俺は少しの間ここから離れます。ゾルダヌの王にコポルタ族の解放を求めます」

腰を落としてコポルタ族と同じ目線にしてそう告げると、彼らは不安そうに怯《おび》え出した。

「王様はおっかないよ」

「絶対に敵《かな》わないの」

「ゾルダヌで一番魔力が強いんだ」

どれだけの恐怖を味わわされたのか。ゾルダヌの王イコール恐怖の対象なんだな。

怯える彼らを安心させるように、俺は平然と微笑《ほほえ》んで見せる。

「大丈夫。俺は、とっても頑丈《がんじょう》だから！」

偉そうに言えることじゃないが、事実だ。

「俺はすぐに戻ります。俺が戻ったら移動できるよう、荷物をまとめておいてください」

「タケル殿、貴方様はどうして我々にこうまで優しくしてくださるのか……」

無条件の優しさを長年享受《きょうじゅ》できないでいたコポルタ族は、嬉しさ半分戸惑《とまど》い半分といったところだろうか。

彼らに優しくする意味？

見た目が可愛いから。

いやもちろんそれだけではないぞ。彼らは純粋な心を持った、優しい種族であることは間違いない。そういった種族が理不尽な圧力に屈してはならないのだ。

それに、彼らは犬獣人の原種。つまりは、現在アルツェリオ王国内に住む幾万という犬獣人たちのご先祖様。そんな貴重な種族を無駄死になんてさせてたまるか。

ベルカイムにだって知り合いの犬獣人がたくさんいる。彼らは俺の良き冒険者仲間であり、ギルド職員。彼らの悲しみは俺の悲しみ、なんて大層なことは言わないけれど。

コタロという可愛い王子を知ってしまった俺には、無視することができない。

「コタロが俺に頼んだんだ」

「兄さまが？　なんて頼んだの？」

コタロの弟、コポルタ族第二十九番目の王子であるモモタ。

彼はすっかりと打ち解けてくれて、今も俺の膝《ひざ》の上に乗ろうとしてくる。こいつめー。

「コタロは美味《うま》い飯をモモタに食わせてやりたいんだって」

「うまいめし？　おいしいごはん？」

「ああ、皆にもだ。今まで食ったことのない、美味い飯を腹いっぱいに食わせてやりたい。そんな彼の願いを、俺は叶《かな》えたい」

薄暗い坑道内では、夢を見ることしかできなかっただろう。いや、夢すら見ることさえ叶わなかったかもしれない。

コタロはルキウス殿下の傍で安穏《あんのん》と暮らしていたわけではない。ゾルダヌらに怯え、坑道内に種族ごと人質に取られ、心細い思いをしていたはず。

そんなコタロが願った。ささやかな夢。

「ううう……コタロ殿下」

「なんてお優しい……」

「きゅーん……」

だから俺は飯を作ってやる。

腹が減っている奴に美味い飯を。

ここから出よう。太陽の光の下、みんなで温かい飯を食おう。

「俺がここから出てしばらくすると、ゾルダヌたちがやってくるかもしれない。その時みんなはどうする？」

「知らないって言います！」

「きこえなーい！」

「よし。ゾルダヌたちはこの壁を壊そうと躍起《やっき》になる。その時は怖いかもしれないが、この壁は絶対に壊れない。だから、しばらく我慢してほしい」

「わん！」

「わんわん！」

「俺がここに戻ってきたら、この魔石の山ごと外に出る」

柴犬軍団がどうやって？　というキョトン顔で俺を見つめてきた。

今はそれを説明するよりも、行動あるのみ。

「ヘスタス、お前は王の傍に行かないほうがいい。ここに残って、魔石の山から魔素を吸っていろ」

「俺も一発殴ってやりてぇんだけど」

「後にしなさい。転移門《ゲート》を繋《つな》げられる余裕が俺にあったら、地下墳墓《カタコンベ》からお前の本体を持ってきてやるよ」

「本当だな！　絶対だぞ！　俺の本来の姿で、あのクソ王をブチ殺してやる！」

怖いな。

せめて半分殺すくらいにしておきなさい。

あの王を殺せば話は早いだろう。

だが、その後はどうする？　王を殺したということで今度は俺たちが復讐《ふくしゅう》の対象になる。ゾルダヌたちは俺たちを目の敵《かたき》にし、俺が救おうとしているコポルタ族やハヴェルマ、ルキウス殿下らにもその刃《やいば》を向けるだろう。

そうなったら種族間戦争に発展してしまう。いやもう遅いかもしれないが。

今のところ王の標的は俺だけ。俺がすべてを巻き込んだことにすればいい。後はクレイとかグランツ卿《きょう》とか、政治に詳しそうな人に相談しよう。

ゾルダヌを滅ぼしたいわけじゃないんだ。

ただ、ハヴェルマとコポルタ、嘆《なげ》く彼らに美味い飯を食ってもらいたいだけ。腹が膨れりゃ良い考えも出てくるだろう。

俺はヘスタスをレオポルン執政官に預け、転移門《ゲート》を開いた。

＋　＋　＋　＋　＋

「ルキウスはどこへ行ったのだ！」

城内に炸裂《さくれつ》する王の怒号《どごう》。

弾け飛ぶ美しき天井。焼ける調度品。

ゾルダヌでも随一の魔力を誇《ほこ》る王が、謁見《えっけん》の間において無頼者《ぶらいもの》に軽視された。

無頼者はオグル族の末裔《まつえい》。高い上背と闇《やみ》のような黒い髪をし、膨大な魔力を身に秘めし神の贄《にえ》。

王は焦った。

まさかただの一種族が、己の魔力をも圧倒する魔法の使い手であったとは。

目をくらませる閃光《せんこう》。耳をつんざく爆音。たったそれだけの魔法で、ゾルダヌらは蜘蛛《くも》の子を散らすように慌てた。

全世界で我らが唯一の絶対種族。魔力の扱いに長《た》けた、誇り高き一族であるというのに。

王は焦った。

一族を救うためと民に言い聞かせ、溢れる魔力を己だけのものとし、己に従う者のみに庇護《ひご》を与えた。

だがそれがどうだ。みすみす神の贄を取り逃し、絢爛《けんらん》たる城内を破壊された。

「陛下！　第二王女殿下は城壁を破り、西へと逃亡された模様」

「王女殿下の親衛隊長他数名の行方《ゆくえ》がわかりません！」

「守護の魔石も紛失しております！」

慌てふためく配下の者たちを前に苛立《いらだ》ちを隠そうともせず、王は握りしめた拳《こぶし》を玉座に叩きつけた。

大柄な王の身体を支える強固なはずの玉座は、激しい音を立てて跡形もなく粉砕された。

途端《とたん》に喧騒《けんそう》が静まり返り、辺りは恐怖に支配される。

王の思い通りにならぬことなど、決してあってはならぬのだ。この大陸を支配する秀《ひい》でた種であるゾルダヌが、一介のオグルの末裔《まつえい》に翻弄《ほんろう》されるなどと。

「神の贄を捜せ！　彼奴《きゃつ》の魔力をすべて奪え！」

再び王の怒号が響き渡ると、配下の者たちは血相を変えて再び動き出す。

我らが尊《とうと》き王の怒りを浴びてはたまらぬと。

＋　＋　＋　＋　＋

ゾルダヌの城には魔素が溢れていた。

城の外に魔素が出ないよう、なんらかの魔道具《マジックアイテム》が壁に埋め込まれているのだろう。室内はほどよい室温なのに、窓を開けて顔だけを外に出せば、カラッカラの乾いた風。

わずかな魔素すら外に逃すまいとするように、ゾルダヌたちの必死の足掻《あが》きが見える。

広大な庭の向こう、高い塀に囲まれたその向こう、ゾルダヌたちが暮らす街があるのだろう。ここからは遠すぎてよく見えないが、きっと綺麗《きれい》な街並みなんだろうな。

そんなわけでこちらタケル。城の地下にある魔石坑にコポルタ族をひとまず待機させ、俺一人こっそりこそこそ城内を散策しています。

いや、決して観光気分ではない。天井の細工が見事だなあとか、アルツェリオ王国の王城とも趣《おもむき》が違うなあとか、ここにもまっぱふるちん裸族男の肖像を見っけた、なんて。

仕方ないじゃないか。そもそも俺は旅行を趣味としていたんだ。いろんな国のいろんな世界遺産を見て回ったし、豪華絢爛な城や教会なんかにも興味があった。どれも思うことは「掃除するの大変だな」くらいだけども。

魔石坑以外にもコポルタ族はいないか捜索したが、探査《サーチ》の魔法には引っかからなかった。やはりルキウス殿下の言った通り、コポルタ族では、次期王位継承者でもあるコタロだけが城内に留まることを許されていたのだろう。

それはきっと、コタロが人質だからだ。

コタロの身を盾に、コポルタ族たちに強制労働をさせていた。王様の野郎、怪我をしたコポルタ族たちを放置するなんて、なんて非道なんだ。ぷるぷる震えるコタロの弟を思い出し、俺の口がへの字にひん曲がる。

唯一コタロやコポルタ族たちが救われたことといえば、ルキウス殿下と出会えたこと。

傍若無人《ぼうじゃくぶじん》で慇懃無礼《いんぎんぶれい》なゾルダヌたちに囲まれながら、よくもまあルキウス殿下は真っすぐに育ってくれた。他種族であるのにもかかわらず、俺の拉致を嘆き、素直に詫《わ》びてくれた。そんな俺もルキウス殿下との出会いには感謝をしないと。

「ささて、もいっちょ……探査《サーチ》」

心を落ち着かせ、淡い光を腹の底でこねるように。

四方に巡《めぐ》らせた薄い魔力の枝が、一瞬で城全体を包み込む。

これだけの魔力を展開させたら王様に見つかりそうだが、それはそれ。念には念を入れて、警戒する。

もしも強力な魔石が残っていたとしたら、ゾルダヌらが転移魔法などを使って追いかけてくるかもしれないからな。

探査《サーチ》先生は優秀だから、俺にそういったことを教えてくれる。少なくとも今の段階で強い魔力を発する魔道具《マジックアイテム》や魔石は存在しない、と。よしよし。

「ん？」

小走りで廊下を突き進むと、下へ下《お》りる階段へとぶつかる。

窓の外には枯れた庭が見えるから、ここは一階。コポルタ族たちが閉じ込められていた魔石抗に通じる階段は、この場所とは真逆の西棟にある。

それじゃあ、更に下へと下りるこの階段はなんだろな。

「ビー、警戒して……」

ああ、また呼んでしまった。

俺の頭皮をいじめてくれる、あの生臭い漆黒《しっこく》の竜が恋しい。ビーと離れて何日になるのだろうか。

この大陸に連れてこられてからしょっちゅう意識を失っているから、今日で何日になるのかわからない。少なくとも六日以上は経過しているような気がする。

絶対に会えるから、不安になることはない。

俺は今できることを全力ですればいいだけ。

嘆く暇があるのなら、じゃがバタ醤油《しょうゆ》をどうやったらこの大陸でも食えるのか考えろ。

食うことは生きること。俺は食うために生きている。次に風呂。

「あ。ゾルダヌの風呂を確認するの忘れた」

そろりそろりと階段を下りながら、そんなことを口にしてしまう。ここにクレイがいたら確実に脳天叩かれていた。

慌てて口を両手で押さえつつ、足を進める。

臙脂色《えんじいろ》の毛足の長い絨毯《じゅうたん》が敷かれた階段を、なるべく音を立てずに下りていくと。

そこには薄暗い廊下。明かりの魔道具《マジックアイテム》が機能しているのかしていないのか、等間隔に並んだランプはどれも光が抑えられていた。

今まで豪華で派手な城内だなと思っていたのに、この空間だけが異質。まるで何かを隔離しているような、地下牢《ちかろう》でもあるのかなという雰囲気。

だが、薄暗い廊下が続くだけ。左右の壁には扉がない。いや、肖像画が飾られている。

どれもこれも立派な写実画であり、歴代の王族の姿らしき絵だった。

ここは王族ミュージアム？

高い天井のぎりぎりにまで届く巨大な肖像画は、黄金に輝く額縁に収められている。描かれている人物は誰もが頭に角が生え、その角を邪魔しないような意匠《いしょう》の冠《かんむり》を被っていた。

ヒゲもじゃな爺《じい》さん、品の良さそうな婆《ばあ》さん、中には幼い美少年の肖像画も。

「……ん？」

肖像画が飾られていた廊下を進むと、妙なことに気づく。

初めのほうの肖像画は老齢の人物ばかりだったのに、先に進むにつれて若い人物を描いた肖像画が多くなっている。

どうしてだろうかと近くに寄って絵を眺めると、額縁に文字が掘られていた。マデウス共通言語であるカルフェ語ではなく、魔族が独自に使っている文字だろうか。どっちにしろ俺は異能《ギフト》のおかげでどんな文字でも読めるけど。

「ジョルリアーナ、メテス、グリマイト……享年《きょうねん》五十二歳」

金髪碧眼《へきがん》の幼い美少年は、享年五十二歳でした。

魔族は長命種であり、ゆっくりと歳を取る。エルフ族やハイエルフ族と同じで、見た目が成人した頃に身体の成長が止まる。数百年を経てやっとこさ老化が始まり、天命を迎えるまで三百年足らずなのじゃとブロライトが教えてくれた。

ごく一般的な人間の常識しか持ち合わせていない俺にとって、エルフ族たちの長命は実感が湧かない。ブロライトだってあの見た目で七十過ぎ。中身は十歳くらいだが。

長命種の五十二歳なんて、まだまだ子供だろう。この肖像画の人物のように。

グリマイトって、確かあのぶちぎれ魔王の名前もグリマイトって言っていたな。あっちの絵の人物も同じく……グリマイトだ。

だとしたら、やはりこの少年は王族。もしかしたらずっと昔の王様だったのかもしれない。

五十二歳美少年の左隣に飾られている肖像画は四枚。美少年の次に、美少女が描かれている。こちらの人物は享年五十四歳。その隣の肖像画には享年四十八歳の文字。

「若くして亡《な》くなっている……」

肖像画の人物は大体が五十歳前後で亡くなっているようだ。いや、その傾向が表れたのは、さっきのジョルリアーナ少年の絵が始まり。

ということはだ。なんらかの理由があって王族が短命になったということか？　五十歳前後で亡くなる、魔族特有の奇病？

はたして病気なのだろうか。

ジョルリアーナ少年の前に飾られていた肖像画の人物は、ヒゲもじゃのご高齢なお爺様。フィラム・サンヴェリウム・グリマイトさん。なんと五百八十二歳。少なくとも、この爺様までの王族は五百歳以上生きている。享年と書かれていないということは、まだご存命なのだろう。

それでは、どうしてジョルリアーナ少年を含めた四人の王族は若くして亡くなっているのか。

そして、現在の王様。カルシアン・ディートニクス・グリマイト。美少年、美少女、幼児、幼女、と続いてのおっさん。

あの王様は確実に俺よりも歳上だよな？　見た目的に言えば三十代後半。ということはだ、エルフ族的見た目年齢予想が合致するのならば、現王はおそらく二百歳超え。

最後の肖像画の人物は、享年二十七歳。見た目は完全に幼児。

それなのに現在の王様は順調に歳を取っているよな。王様はもともと王族ではなかったとか？いや、あれだけ血統やらに面倒くさくこだわっているゾルダヌだ。王族でない人物が王位を継ぐことなどないだろう。

俺が一人で悶々《もんもん》と考えていても答えは出ない。

ルキウス殿下に聞くのが一番か。ハヴェルマの長老であるポトス爺さんも何か知っているかもしれない。

いずれにしてもこの城には強い魔力を秘めた物は残っていないようだし、もしも残っていたとしてもいただいた魔石でなんとか防御してみせる。

「よし、戻るか」

俺は意識を集中させ、目の前に転移門《ゲート》を作り出す。

目指すはコポルタ族たちの救出と移動。ルキウス殿下たちと合流し、そこからゼングムたちハヴェルマの集落を目指そう。

俺が見つけた肖像画の数々。

それがまさか、魔族たち全員の存亡《そんぼう》に関わっていたなんて。

腹の虫をぐーすか鳴り響かせる俺は、気づけるわけがありませんでした。

2　再会の時

時間に余裕があれば魔族の総本山であろう立派な城の見学を続けたのだが、玉座のある方角から爆音が鳴り続けている。

魔王様、自分の王城ブチ壊しているんじゃなかろうか。

威厳《いげん》がある王は王として立派だろう。だがしかし、短気なのは宜《よろ》しくない。周りの意見を冷静に聞く姿勢って大切。自分の考えだけで突っ走ると、結果がどうであれ周りが迷惑するんだから。今の俺がまさにそれ。だがしかし、コポルタ族の迫害を放置したくない。

そんなわけで、どっかんぼっこん鳴り響く最中、魔王の暴れっぷりを考えると当初考えていたように交渉に持ち込むのは無理だろうなと感じる。

俺が今、魔王の前に行くだろ？　第二王女を返してほしくば、コポルタ族を解放せよ！　と、言ったとしよう。はい。うるせぇこの野郎ふざけんなよぉしコラぶちくらわしてやんぞ、と怒鳴られるに違いない。おお怖い。

魔王が冷静にならないと交渉なんかできないだろうな。そもそもあのおっさん、冷静になれるのだろうか。

俺がやったことといえば。

第二王女拉致したろ？　コポルタ族も拉致しただろ？　魔石抗を封鎖しただろ？

うん。更に怒るだろうな。

この王城に残る魔素がどのくらいあるのかわからない。魔王の本気魔法ビーム的なものを放たれたとして、不安定な魔素の中、確実に防げる自信はないからなあ。

「さて」

転移門《ゲート》の先は、コポルタ族が集められている魔石抗。

淡い光が放たれる水面《みなも》のような門に顔を突っ込むと、遠巻きながらも興味津々《きょうみしんしん》で転移門《ゲート》を眺めるコポルタ族たち。なにあれ可愛い。

転移門《ゲート》の存在はパゴニ・サマクの民らに知られていないのだろうか。

俺たち蒼黒《そうこく》の団《だん》の拠点がある、東の大陸グラン・リオの最北に位置する辺境のトルミ村。あそこの雑貨屋の店主ジェロムすら、転移門《ゲート》の存在は知っていた。ジェロムが元冒険者だからかもしれないが、冒険者の知識として転移門《ゲート》という魔法はあるわけで。

だが、ゼングムたちハヴェルマでは転移門《ゲート》を失われた禁忌《きんき》の術だと言っていた。何故《なぜ》禁忌なのだろう。他の場所にあっという間に移動できる、ものすごく便利な魔法なんだけどな。

「おうタケル！　何してやがった！」

ぴょんぴょこ跳ねながら近寄ってきたヘスタスは、転移門《ゲート》からぬるりと出てきた俺に怒鳴る。

「王城内に強い力のある魔道具《マジックアイテム》が残っていたら厄介だろう？　ちょっと探索していた」

歴代の魔王ライブラリーを堪能《たんのう》したことは黙っておく。

「そうか。そういうところは抜かりねぇな、お前。こっちは変わりねぇぞ。魔法の壁を越えられる奴はいなかった」

それは良かった。もしかしたら魔王の全力魔法なら障壁《エスクディエ》を消すことができるかもしれない。こんな場所からはとっととおさらばしよう。

「タケルさん、タケルさん、今のが転移門《ゲート》でしょう？」

「わんわんっ、綺麗に光ってる！」

「すごいね、どこから出てきたの？」

俺の背後で揺らめいていた転移門《ゲート》を消すと、数人のコポルタ族が近寄ってくる。まだ怯えている様子はあるが、好奇心のほうが勝っているようだ。

壁際で警戒を続けるコポルタ族たちもいたが、尻尾がふりふり揺れてますよ。

はてさて、ルキウス殿下の居場所を探さないと。拠点となる魔石は持たせているから、後は探査《サーチ》先生にお願いして……

――よし、見つけた。

動きはないようだから、王城から飛翔《フライ》で吹き飛ばしたせいで気絶しているのかもしれない。ちょろちょろ動かれるよりはいいが、それはそれで心配だ。

「みんなー忘れ物ないか」

コポルタ族たちに声をかけると、彼らは一斉に起立。

「はい！」

「持っていくものなんてないもの！」

「どこでもいいから、ここから出たいよ！」

「わんわんっ、お日様が見たい！」

「うーっ、わんわんっ」

まだまだ腹は減って動けないはずなのに、彼らは必死に声を上げる。

たくさんの仲間が犠牲になっただろう。それでも生きようとする彼らは、こんなところで拘束され強制労働させられるような種族ではない。

犬獣人の原種である、コポルタ族。彼らのことは穴掘りが得意な可愛い種族、としか認識していない。だが獣人というのは総じて誇り高い。懸命に生きながらえてくれた彼らの力を、思いきり発揮させられる環境があればいいのだけれど。

「タケル、無事に脱出できたら飯を食わせてやろうぜ。木の枝」

「ゴボウって言いなさい、ゴボウって」

俺の肩に乗ってきたヘスタスを確認し、腹で魔力を練る。

ゆっくりゆっくりと、魔石から魔力をいただいて。

最小限の力で、最大限の威力が発揮できるように。

コポルタ族ごと、魔石ごと。

ルキウス殿下のもとへ。

魔石抗の壁に転移門《ゲート》を展開させると、それを一気に拡大。

転移門《ゲート》は強い光を放ちながら、その場にいた全員を包み込んだ。


あっという間にルキウス殿下が飛ばされてきた場所に到着。なんとそこは、俺が北の大陸に来て最初に彷徨《さまよ》っていた黒い木が生い茂《おしげ》る森だった。

眩《まばゆ》い光と共に大量のコポルタ族と、失敬してきた大量の魔石。そして、俺とヘスタス。

途方に暮れるルキウス殿下たちの目の前に俺たちが現れたわけだから、初めは沈黙が続いてしまった。

気絶していたわけではなく休んでいたらしいルキウス殿下が目をまんまるにし、口をぱくぱくとさせて。

殿下の護衛の騎士たちも、突然の出来事に呆《ほう》けるしかなくて。

「にいさま！　にいさまあぁぁーー！」

尻尾をふりふり、大木の根元を掘っていたコタロの姿を見つけたモモタが叫ぶと——

「モモタ、息災《そくさい》で何よりだ！」

「ぼっ、ぼぐわぁ、がんっ、がんばっだのでぇずぅぅっ」

「わんわんっ、わかっておる！　幼い身ながらよう生き残ってくれた！」

「わあぁぁぁぁぁんっ、にいぃさまぁぁぁっ！」

まるで止まっていた時が一気に動き出したかのように、それぞれ安堵《あんど》の息を吐き出した。

兄弟の再会は感動もので、コポルタ族の誰しもが号泣している。

ルキウス殿下の侍女さんたちは、流れ続ける涙をエプロンで拭いていた。

「にいさま！　にいさま！」

「頑張ったな、よう頑張った」

モモタは涙と鼻水とヨダレにまみれた顔で泣きじゃくり、尻尾はちぎれんばかりに振られている。

ちっちゃいわんこがちっちゃいわんこを抱きしめ、転げ回って歓喜。

周りのわんこたちも飛び跳ねながら笑い、わんわんくんくん言っている。

ここが豆柴天国か。

「レオポルン殿、よくぞ無事で……」

「ルキウス殿下こそ、ご健勝で何よりでございます。コタロ殿下をお守りくださり、ありがとうございました」

「いいや、我なぞ何もしていない。我にはなんの力もないのだ」

「いいえ、いいえ、ルキウス殿下の庇護下にあればこそ、コタロ殿下はあのようにご立派な姿を我らに見せてくださいました」

「顔を上げてくれレオポルン殿。お主らが無事で良かった」

「ううう……なんとお優しいお言葉……」

膝をついたルキウス殿下に、涙を流すレオポルン執政官。

ルキウス殿下と共に（俺に）飛ばされた侍女や騎士たちも、笑顔で涙を流していた。

俺は、種族の問題だとか、国交問題だとか、そんなことは一切考えなかった。

俺は俺の正義の下《もと》、勝手に動いただけ。その結果、ゾルダヌたちが滅亡することとなったらどうしようかとも思うが、一両日中に滅ぶというわけでもないだろう。王城にはまだまだたくさんの魔石が装飾品として飾られていたからな。

ゾルダヌたちだけではない。ハヴェルマの民らにとっても、魔素は命そのもの。このまま魔素が薄れていけば、真綿《まわた》でゆっくりと首を絞められるような生き地獄《じごく》が待っているのだろう。

しかし、そうならないように考えることはできる。

「さてと、ある程度の魔石があることだし」

大量にくすねてきた魔石ではあるが、大きさはバラバラで含む魔素の量もまちまちだ。

こうして地面に放置している間にも、魔石から魔素は流れ出てしまっている。流れ出た魔素は大気に消え、魔素を必要としている動植物らが吸い込むのだ。数日も経てば魔石はただの石コロになるだろう。

「ルキウス殿下、教えてほしいことがあるんだ」

大量の毛玉……じゃない、コポルタ族たちに埋もれたルキウス殿下に声をかけると、ルキウス殿下も綺麗な顔をぐしゃぐしゃにして泣いていた。美人は豪快に泣いていても美人です。

「殿下、これを」

侍女のアルテに白い布を差し出され、ルキウス殿下は恥ずかしそうに受け取って鼻をかんだ。

「ぐすっ、ずびっ……タケル、お前には感謝してもしきれぬ。我が種族の恥であるのに、我にはどうすることもできなかった。父王を恐れ、立場を恐れ、苦しむコポルタ族らに手をさし伸べることができなんだ」

深々と頭を下げたルキウス殿下に続き、騎士や侍女たちも同じく頭を下げた。

「ありがとう、タケル。ありがとう」

「いやいや、感謝されても困るというか、俺だって勝手にコポルタ族を連れてきたわけだし、ルキウス殿下だって俺に拉致られたわけだし」

「いいや！　我は己の意思で王城から逃げ出したのだ！」

「拉致などと、とんでもない！　タケル殿は殿下をお救いくださったのです！」

「左様《さよう》でございます！　タケル殿の勇気ある行《おこな》いに我ら一同感謝をしております！」

ルキウス殿下に続き、騎士らが声を上げる。

侍女たちも深く頷《うなず》き、その通りだと肯定した。

だがしかし、その感謝の言葉を真っ向から否定するイモムシがここに。

「オイオイオイオイッ！　まだなんも解決してねぇのに、頭を下げんじゃねぇよ！　あの魔王のことだ。魔石を盗まれて今頃ブチ切れてやがるぞ！　取り返すためにはなんだってしやがるだろうさ！　今にもこの場に飛んでくるかもしれねぇんだ！」

俺の頭のてっぺんで跳ね飛ぶヘスタスが叫ぶと、一同静寂。あれだけ笑い声に包まれていたコポルタ族たちが、絶望顔で俺を見ている。

ルキウス殿下も白い顔をより青白くさせ、恐怖を思い出したかのよう。

「ヘスタス……もっと言葉を選べよ」

「ああん？　何生《なま》っちろいこと言ってやがんだタケル。魔素はないまま、薄気味悪い森にいるんだぞ俺たちは。まずはここから移動して、ゼングムたちと合流することを考えろ」

「考えてたって。というか、俺の考えそのまま言っただけだろう」

「うるせえ。俺にもいい恰好させろ」

感動の余韻《よいん》なんて後にしろと言わんばかりに、ヘスタスは続けた。

「おうっ、そんで、どうすんだタケル」

結局は俺かよ。

「ここは見晴らしが良すぎて落ち着かない。ハヴェルマたちが暮らしている山の麓《ふもと》に移動して、それからこの先のことを考えよう。ポトス爺さんたちが何か知恵を貸してくれるかもしれない」

見ず知らずの怪《あや》しげな俺を受け入れてくれた彼らのことだ。きっと話を聞いてくれるはず。

「ポトス爺……？　ポトス爺と申す者は、ハヴェルマなのか？」

俺は頷くが、ルキウス殿下はまるで心当たりがないように首を傾げる。

ポトス爺さんは自分のことをハヴェルマたちの長《おさ》だと言っていた。ゼングムや他のハヴェルマの民たちもポトス爺さんを慕《した》っていたのだが、ルキウス殿下とは面識がないのだろうか。

何はともあれ。

怯えながらも新天地に興奮を隠せないコポルタ族の集団と、彼らを率いるのは己だとばかりに鼻息荒くやる気を見せるルキウス殿下に、俺は再度声をかける。

「ルキウス殿下、教えてほしいことがあるんだ」

空に花は咲かせられるかな。

3　怒りの矛先

北の大陸パゴニ・サマク。

俺が今いるこの大陸に気絶したまま連れてこられ、目覚めて初めて目にしたあの巨大活火山。

火山雲に覆われた頂《いただき》は姿を隠したまま、その雄大《ゆうだい》な全容を見せてはくれない。

あの山には神様がいるらしい。魔族が信仰する、炎の神様――炎神《えんしん》。

馬の神様だって緑のバケモ……精霊王《せいれいおう》だって存在するマデウスだ。きっと炎神もただの信仰の対象というだけではなく、実際に存在する神様なのだろう。

炎を司《つかさど》るといえばサラマンダーとかイフリートを連想させるが、暴走して我を忘れた古代狼のようなおぞましい姿だとしたら困るな。言葉が通じなかったらどうしよう。もう巨大ナメクジや巨大イソギンチャクとは戦いたくない。

まあ、その時はその時だ。早いとこ消えそうな魔素を戻せと言うしかない。魔素が薄くなった原因は、絶対に神様だろうからな。

俺の異能力よ、頼りにしてるぞ！

ひゅ～～～～るるる……ぽすっ。

曇天に弾ける煙。

俺が想像していた花火は、これではない。

日々空を飛んでハヴェルマの民《たみ》が住む集落周辺を巡回しているゼングムに、俺たちがここにいることを知らせなくてはならない。

だから一発花火でもぶち上げて、派手に主張してみようかと思ったのだが。

「違うぞタケル。もっと集中しろ！」

「痛っ！　集中してるって！」

ヘスタスに脳天を叩かれ、再度なけなしの魔力を練る。

ルキウス殿下に教えてもらった花火は、いわゆる照明弾。騎士団が合図を送る時に使う魔法らしい。

大きな音と派手な火花が散るイメージを強く持ったのだが、魔素が薄すぎるこの地で打ち上げ花火など無謀《むぼう》。

大量にくすねてきた魔石の中でも、一番小さな石を拝借した。小指の爪ほどの大きさの魔石でも、魔素はしっかりと含まれている。

その小石を利用して照明弾を作るのだが。

「ええと、腹の中で火種《ひだね》をこねて、そいそいっと……」

教えてもらった魔法を集中して作り出し、いざ空へと両手を掲《かか》げる！


ひゅるるるるる……ぽすっ。


なんだあの気の抜けた照明弾は。眩《まぶ》しくもないし、音も微《かす》かだ。

俺が考えていた花火は尺玉《しゃくだま》だぞこの野郎。ズドンとドガンと腹に響く、あの真夏の夜空を輝かせる大輪《たいりん》の花。

「やはり我らが魔法を使って……」

「それは絶対にやめてください。ルキウス殿下たちの……その、魔石が、この魔素のない場所でどんな反応を示すかわからないんだ」

言葉を濁すようにルキウス殿下の胸に埋め込まれた魔石を見ると、ルキウス殿下は顔を曇らせてしまった。

魔法の扱いに長《た》けたゾルダヌが魔法を使えない、使ってはならないというのは、屈辱《くつじょく》なのだろう。

騎士や侍女たちも悔しそうに俯《うつむ》いている。

できないことはできない。できないのならばできるように努力する。それでいいんじゃないかと俺は思う。社会人たるもの、そうやってコツコツと経験を積み重ねていくのだ。継続は力なりといったもので、できなかったことができる瞬間が必ず来る。

ゼングムたちハヴェルマは王都を追放されても、めげずに前向きに生きていた。

なんだか滑稽《こっけい》だよな。追放された魔族が生き延びていて、王都に残った魔族たちが滅びようとしているなんて。滅びに拍車《はくしゃ》をかけたのは俺だけども。

「すまない、タケル。王都の外がこのような枯れた地になっていたことすら、我は知らなかったのだ。我は狭き世界で生きていたのだな。王城で当たり前に過ごしていた日々が、なんとも情けないことかと悔いる」

「ルキウス殿下はコタロを庇護していただろう？　それだけで精一杯だったのはわかるよ。あの魔王、人の話なんて聞かなそうだからな。白でも赤だと言いそうだ」

そうに違いないと言いきると、ルキウス殿下は少し笑ってくれた。

コポルタ族は相変わらず新天地への興奮を隠さぬまま、散らばらないように気をつけながらもあちこちを散策している。大木の根っこを掘る者、木陰《こかげ》で丸くなって数人で寝る者、火山に向かって祈る者など様々だ。

コタロとモモタ兄弟は何故か俺の膝を枕にして眠っているのだが、これが可愛いのなんのって。腹を天に向けて安心しきった顔して鼻をひくひく。しかし腹の虫は鳴っている。

早いところハヴェルマたちの集落に行って、ごぼうサラダや肉を食わせてやりたい。コポルタ族のためならば、狩ってみせますモンスター。

「おう、タケル。ゾルダヌたち身体に魔石を埋め込んでいるやつには、絶対にこの地で魔法を使わせるなよ」

俺の頭の上で寝ころぶヘスタスが、俺の髪の毛を引っ張りながら改めて言う。

そもそもルキウス殿下たちに魔法を使うなと警告したのは、ヘスタスだった。

またもや守護精霊だの神の御使《みつか》いだのとルキウス殿下たちは騒いだが、ヘスタスはそれを否定せず崇《あが》めろ敬《うやま》えとドヤ顔。遠いお空に投げてやりたいこのイモムシ。

ヘスタスの言うことに信憑性《しんぴょうせい》があったためか、ルキウス殿下は神妙な顔をして話を聞いてくれた。

「ヤツらが埋め込んでいる魔石は魔素を吸収する力がえれぇ弱い。まるで他から魔素を吸い込むことを拒《こば》んでいるようにも見える」

「ヘスタス、殿下たちの魔力が見えるのか？」

「俺は魔力の塊《かたまり》だからな。多少の魔素の流れってもんは見えるぞ。だから言えるんだが、アイツらが纏《まと》う魔力はどうにも不自然だ」

「不自然て何。魔石を身体に埋め込んでる時点で不自然ではあるけども」

「なんてーかな。こう、もぞもぞーっとしていて、ぶわわわーっとしたやつが、にょろにょろーってて」

なにそれわからん。

ヘスタス曰《いわ》く、マデウスに住む生き物は、誰しも魔力を纏っているらしい。

魔力の大きさは種族や生物ごとで違うのだが、魔力ありきで生きているのが通常。基本目には見えないが、目に見える種族もいるらしい。身体の表面にうっすらと魔力を漂わせているものらしく、ヘスタスにはそれが見えると。オーラのようなものかな。

「普通のやつらは……おう、コポルタらが纏う魔力は、一定の厚みがあるんだ。それが身体の表面を覆っているように見える。だが、ゾルダヌのやつらはその厚みが一定になっていねぇ。どこかぼこぼこしていて、うっすらしていて、ぐにょぐにょしていやがる」

なるほどわからん。

コポルタ族の魔力は一定にあって、ゾルダヌの魔力は一定ではない。

纏う魔力にも個性のようなものがあるのだろうか。だがしかし、ゾルダヌもハヴェルマももともとは同じ種族。ただ使える魔力の量が違うだけ。

抽象的かつ語彙力《ごいりょく》が不足しているヘスタスの表現はともかく、今この場所で魔法を使うのは禁止。ハヴェルマたちと合流して、いろいろと魔力に詳しいポトス爺さんに相談しよう。後で調査先生《スキャン》にルキウス殿下の魔石についてお伺いを立てるのもアリだな。

ルキウス殿下は優しい人だ。

ハヴェルマたちを追いやったゾルダヌではあるが、ゾルダヌの誰しもがハヴェルマを蔑《さげす》んでいるわけではない。少なくともルキウス殿下は身体に魔石を埋め込むことを恥じ、コポルタ族の境遇に嘆き、俺に助けを求めてくれた。

俺は、俺ができる範囲でできることをする。

そんなわけで、三度目の正直。三つ目の小石を利用し、今度こそうまくいけと強く願う。

いつの間にか起きていたコタロとモモタの熱い視線を感じつつ、ゆっくりと腹の中で魔力をこねこね。

焦らず、急がず、ゆっくりと。

俺たちはここにいますよと。

ゼングムたちに聞こえるように。

忘れていた言葉をふと思い出すような。

「淡き光、天に弾けて遠く響け……照明弾《リヒリディオ》」

身体からぬるぬると魔力が抜ける。微かな魔力でも集めれば力となるのだと、ゼングムは言っていた。

俺の手の中に小さな光が作られた。手のひらをゆっくりと開くと、光はひょろりと空へ昇《のぼ》る。

ひゅるるる……ぱーんっ。

はい。

しょぼい。

だが、今までで一番大きな音と光を出せた。あれは立派な照明弾と言えるだろう。弾け飛んだ魔石はキラキラと散っていく。コポルタ族たちは一斉に歓声を上げ、肉球拍手をぽふぽふ。

ルキウス殿下も嬉しそうに頷いてくれた。

後はゼングムが気づくのを待つだけなのだが、時間はどのくらい必要だろうか。

などと考えていると、山の裾野から黒い何かが飛んでくる。

「タケルタケル、あれ、ゼングムじゃねぇか？」

「痛い、そこで飛ぶな跳ねるな」

「ほれ見ろ、やっぱりゼングムの野郎だ！」

俺の頭の上に飛び跳ねるヘスタスが、俺と同じ方角を見て喜びはしゃぐ。

謎の飛行体に気づき始めたコポルタたちは、尻尾をピンと立てておのおの木の陰へと隠れてしまった。

俺の背後に隠れたコポルタたちは数匹、いや数十匹。モモタくんや、俺の股《また》の間に顔を埋めるのはおよしなさい。

ルキウス殿下は騎士らに護衛をされながらも、目を輝かせて飛行体を眺めていた。

次第に近づく黒い何かは大きな翼をはためかせ、ゆっくりと地面へと降り立った。

真っ白なナマハゲ……ヴルカに身を包んだゼングムは、ヘルメット部分を外して仰天《ぎょうてん》顔を晒《さら》した。

相変わらず痩《や》せてはいるが、初めて会った時よりかは健康そうだ。

「これは一体……滅んだと言われていたコポルタ族なのか？」

ビクビクと震えながらも尻尾をふりふり。コポルタたちは好奇心を隠さず、それでも警戒しつつ、近づくゼングムと距離を取る。

「ゼングム、気づいてくれて良かった」

「タケル！　やはりあの魔力はタケルのものだったか！」

へらりと笑って手を振る俺を見つけたゼングムは、背後に隠れているらしい隠れていないコポルタ族たちに笑顔を向けながら手を振り返した。

「リコリスに攫《さら》われたお前をすぐに追ったのだが、転移魔法を使われてしまうと俺たちにはどうにもできない。すまなかった」

胡坐《あぐら》をかいたままの俺の前に来たゼングムは、深々と頭を下げた。

「仕方ない、仕方ない。俺も無意識に魔法で防御しようとしたから気絶したし」

「それな。ほんと使えねぇよな」

ゼングムの頭を上げさせると、ヘスタスはそう言って俺の頭の上からゼングムの頭の上へと飛び乗る。

「うるせぇヘスタス。お前こそ何もしなかっただろうが」

「あん？　俺はずっと起きて静かに状況を見守っていたんだ。感謝しろ」

「はいはい」

「感謝が足りねぇ！　酒をよこせ！」

「俺だって飲みたいわ！　我儘《わがまま》言うな！」

「ふふふ、お前たちは相変わらずのようだな。安心した」

俺とヘスタスのくだらない口論に微笑むゼングム。

穏やかな雰囲気に安堵したのか、モモタが俺の股の間からゆっくりと顔を上げる。

「兄さま、兄さま、翼《つばさ》のゾルダヌだよ」

「翼のゾルダヌはもっと怖い。きっとゾルダヌではないぞ。種族が違うのだ」

「しゅぞくがちがうの？　しゅぞくってなんだろね」

「種族だ」

きっと小声でひそやかに話してるつもりなのだろうが、傍にいる俺たちにモモタとコタロの会話は筒抜《つつぬ》けで。

愛らしい兄弟の会話に和《なご》んだのか、警戒していたコポルタたちは一人、また一人と顔を出す。

先ほどまでの怯えはどこへやら。翼が生えたゼングムの姿が珍しいらしく、ゼングムの傍へわらわらと集まり始めた。

「タケル、彼らはどうしたのだ」

戸惑うゼングムに、俺が攫われてからの経緯を話している暇は正直ない。

早いところこの場から離れ、腹を空《す》かせているだろうコポルタたちにごぼうサラダを食わせてやりたいのだ。

「王城の地下で強制労働をさせられていたんだ。あまりにも酷い環境だったから、ちょっと拉致してきた」

「はあ？」

「細かい説明は後でするから、まずは俺のことをハヴェルマの集落に……」

「ゼングム！」

大木の陰に隠れていたルキウス殿下が、護衛騎士の制止を振り払って飛び出した。

すぐさま警戒態勢を取るゼングム。

大きな翼を広げ、威嚇《いかく》。コポルタたちは素早い動きで俺に突進。いや、だから股の間に隠れようとするな。

「ゼングム！　生き延びていてくれたのだな！」

「……」

「わたしだ、ルキウスだ！　ルキウス・エルドフォルデ・プルシクムだ！」

涙を流して喜ぶルキウス殿下だったが、ゼングムは警戒を解かない。

むしろ、怒気《どき》を強めている感じだ。

婚約者との感動の再会にしては、ゼングムの様子がおかしい。俺はコポルタたちの頭を撫でながらゼングムに問う。

「ゼングム？　どうしたんだ。お前の婚約者さんのルキウス殿下だぞ？」

「婚約者？　俺に婚約者などいない」

「えっ」

ゼングムにぴしゃりと言い放たれ、ルキウス殿下が固まる。

わななくルキウス殿下の身体を支えながら、侍女のアルテが恐る恐る口を開いた。

「お兄様、わたくしを覚えてはおりませぬか？　アルテでございます」

「……」

「あ、貴方様の、妹でございます」

「何を言っている。俺に妹などいない」

ゼングムの否定の言葉にアルテの顔は青ざめた。ふるふると身体を震わせ、涙を流す。

「お兄様、わたくしの想像もつかぬ辛い思いをされたことでしょう。わたくしのことは、覚えておられなくても構いません。ですが、殿下のことを……貴方様の婚約者であらせられるルキウス殿下のことを否定するのはおやめくださいまし。それは、あまりにも……酷うございます」

アルテの懸命の訴えに多少警戒を解いたゼングムだったが、それでも顔を強張《こわば》らせたまま。

「俺に妹も婚約者もいるはずがない。俺は幼き頃にハヴェルマの烙印《らくいん》を押され、ずっとポトス爺に育てられたのだから」

「そのようなこと！　違います、お兄様！　お兄様はれっきとしたエルディバイド次期当主であらせられます！　父も母も健在でございます！」

「嘘をつくなゾルダヌ！　俺はお前など知らん！」

どういうことなの。

ゼングムは天涯孤独《てんがい》のハヴェルマ。それは知っている。魔力が少なかったため、親から見放されてしまった。普通なら両親から教わる魔法も、ポトス爺さんに教えてもらったと言っていた。

だがアルテが嘘をついているとも思えない。あの必死さと、よくよく見ればゼングムに似た面立ち。ルキウス殿下にいたっては王女様だ。ハヴェルマであるゼングムの婚約者などと、冗談でも言えないだろう。

「ゼングム、ゼングム、俺はラトロだ。覚えているか？　騎士学校でお前と席を並べた」

「……知らん。俺は騎士学校に通った覚えなどない」

護衛の一人が名乗ったが、それにもゼングムは否定。

警戒を露《あら》わに、再び翼を広げて威嚇している。

コポルタたちは不安でおろおろと狼狽《うろた》えているし、ヘスタスは訳がわからんと俺の頭皮を引っ張る。

誰の言《い》い分《ぶん》が正しいのかなんて、完全に部外者である俺にわかるはずもなくて。

さてどうしたものかと。

空を見上げた。

＋　＋　＋　＋　＋

ゼングムとルキウス殿下たちの口論は長くは続かず、モモタのでかい腹の虫によって強制終了。

魔族の事情を知らない俺は、どちらかの言い分だけを鵜呑《うの》みにするわけにはいかない。だが腹は空《す》くし喉は渇く。

俺とヘスタスは警戒するゼングムにひとまずここから移動させてくれと頼み込み、なんとか聞き入れてもらった。

ハヴェルマがゾルダヌを助ける前例はない。だが疲弊《ひへい》したコポルタ族たちを見放すこともできないゼングムに、俺とヘスタスだけハヴェルマの集落に運んでもらうことにした。

魔石をいくつか失敬し、この場で地点《ポイント》を固定する。大勢でぞろぞろと移動するよりも、魔石は大量に消費するが転移門《ゲート》を展開したほうが安全かつ確実。

ハヴェルマの集落に到着したら、ヘスタスには俺が転移門《ゲート》を作る間にこれまでの事情を説明してもらう。鋼鉄の守護精霊様の話なら彼らも耳を傾けてくれるだろう。

ハヴェルマの集落に到着した俺とヘスタス。ポトス爺さんはじめ大勢が出迎えてくれた。中には喜びのあまり俺に飛びつく子供たちも。皆無事なようで良かった。

ありがとうありがとうと頭を下げつつ、皆に離れるようお願いしながら持ってきた魔石を抱えて広場に移動。ミスリル魔鉱石に比べると魔素含有量が少ない魔石だから、あまり長いこと転移門《ゲート》を維持するのは難しいだろう。魔素が豊富にあったゾルダヌの本拠地はともかく、ここは魔素が少ないのだから。

「なんだと!?」

俺の背後でポトス爺さんの叫び声が聞こえたが、作業に集中。

ハヴェルマの集落に来る直前、置いていかれるのではないかと泣き叫んで俺から離れようとしなかったコタロとモモタ兄弟を思い出し、必死に魔力を練る。

時間との闘いだ。

ぱぱっと開いて、ちゃちゃっと移動して、ガッと閉じる。目標、拳大の魔石五個使用。

光る門ができたらすぐに飛び込めと言ってある。ルキウス殿下は俺の説明に驚きつつも深く頷き、哀しそうな顔でゼングムを見つめていた。

焦《こ》がれていた婚約者との再会だというのに、記憶にないとか覚えがないだとか、さすがに酷いんじゃないかと思った。ゼングムがどれだけの苦労をしてきたのかはわからないが、婚約者や妹のことを知らないはずがない。かといって、ゼングムが嘘を言っているようには見えない。

あれかな。

過酷な体験のせいで記憶を失うとか、そういうやつだろうか。ゼングムと知り合ってわずかだが、ゼングムという青年は知らないふりをして相手を傷つけ、それで喜ぶようなやつじゃない。

「さーてさてさて、参りますよ」

ハヴェルマの民には離れて見守ってもらい、両腕に抱えた魔石から魔素を吸い込んだ。

魔素を無駄に使わないよう限界まで魔力を抑えて。

言葉に思いを込めて、解き放つ。

「かの地の息吹《いぶき》を呼び寄せん――転移門《ゲート》、展開」

この詠唱っていうのは不思議なもので。

誰に教えてもらったわけでもないのに、口が勝手に言葉を放つような。そんな不思議な感覚。

これも「青年」にもらった恩恵のおかげだろうか。ちくしょう。感謝してやる。

なるべく広く、なるべく持続するように。

ぽかりと開いた巨大な光の穴。ハヴェルマの民が驚愕におののく間もなく、光の穴から飛び出てきたのはコタロとモモタ。目を瞑《つむ》ってダッシュをしたせいか、頭から俺の腹に突進。二人が抱えていた魔石が辺りに散らばる。

「おべえっ！」

ここで集中を切らしたら転移門《ゲート》が消えてしまう。

俺は、腹への衝撃に必死で耐え、両手を転移門《ゲート》へと翳《かざ》し続ける。

「早く！　早くこっちだよ！」

そろそろと目を開いて俺に気づいたモモタは、そのまま俺の足元で蹲《うずくま》る。コタロは転移門《ゲート》の前へと戻り、入るのに戸惑うコポルタたちに声をかけた。

「えいやっ！」

「とりゃー！」

「わんわんわんわんっ！」

「うおおおおーーー！」

掛け声と共に次々と現れるコポルタ族の大群。それぞれ魔石を抱えながら走るのは大変そうだったが、あの魔石の山を放置するわけにはいかない。魔石をすべて、手分けして運んでもらうことにしたのだ。

王城の中に転移門《ゲート》を作った時は魔素が豊富にあったが、ここは魔素が限りなく少ない地。転移門《ゲート》自体を動かす力業《ちからわざ》はできない。

柴犬が群れをなして猛烈ダッシュをする光景は圧巻だ。

ルキウス殿下たちはどうしたのかと見守っていると、転移門《ゲート》が消えるギリギリのところでようやく騎士に横抱きにされたルキウス殿下が現れた。続いて侍女さんたちも。

最後にゼングムの同級生らしき騎士ラトロが飛び出てくる。脇に抱えた兜《かぶと》の中には、こんもりと大量の魔石。

「全員いるか！　互いに仲間を確認しろ！」

ラトロの号令によりコポルタ族は集合。互いに互いの顔を確認し合い、それぞれ点呼を取り合った。

軍隊並みに統率が取れているな。すげえ。

「全員いる？　離れていない？　コテツ、コムギ、コマメ！」

「ぼくはここだよ！」

「あたしここー！」

「こまめはここだよー」

「じいちゃんは？」

「腹が減ったのう……」

「じいちゃんいるよ！」

わんわんと叫ぶコポルタ族たちを、騎士たちは目視で確認。数百人の点呼など日常茶飯事だと豪語していたラトロは、素早い動きでコポルタ族たちを数えると、騎士たちと互いに頷き合う。そして全員が俺に注目。

「タケル殿、俺が最後のようだ！　全員移動したぞ！」

「わかった！」

ふと力を抜くと転移門《ゲート》はあっという間に霧散《むさん》。眩い光の穴は消え去り、残るは静寂だけ。

やれやれとその場に腰を下ろすと、コポルタ軍団が我先にと近寄ってきた。

「すごいよ兄ちゃん！　すごい！　ここどこだろう！　わんわんっ」

「あの光の扉、もう一度見せて！」

「うーっ、わんわんっ！」

興奮冷めやらぬようで、転移門《ゲート》での移動に喜ぶ子供たち。あちこちに放り出した魔石をそのままに、洞窟内を興味深げに眺めていた。

魔石坑とはまったく違う造りのここは、火山の麓にある溶岩でできた洞窟。天へと伸びる柱状《ちゅうじょう》節理《せつり》が壁一面にあり、巨大な美しい泉が広がるハヴェルマの集落。

幻想的かつ神秘的な空間には閉塞感がなく、むしろ空気が澄んだ特別な場所のようにも思える。

「はい、皆さんこちらに注目」

地面に胡坐をかいたままの俺が力なく手を挙げると、興奮してあちこちをふんふん嗅《か》ぎ回っていたコポルタたちが、一斉にその場でお座り。俺を中心に円状に集まるコポルタたち。

「ここはハヴェルマたちが住む洞窟です。俺たちは無理やりお邪魔してしまいました。そんなわけで挨拶をしましょう。はい、せーの」

「ぼくはコタロ・シャンシャンワッ……」

「ぼくモモタ！」

「私は執政のレオポルッ……」

「わたしはモモタ殿下の侍女で……」

「穴掘りチャチャはわたしのこと……」

「腹が減ったのう」

全員挙手をして我先にと自己紹介。同時に言うものだから何が何やら。

だがしかし、目を輝かせながら尻尾を振る彼らを見れば、危害を加えるような種族とは思えないだろう。

さてさてこれで一安心。まずはゼングムに再度説明してからポトス爺さんに相談を――

「失《う》せろゾルダヌどもめ！」

「何しに来た！　ここにはお前らが望むような金銀財宝はないぞ！」

「私たちを追い出して、それでも気に食わなくて殺しに来たのか！」

呑気に考えている場合じゃなかった。

光の穴から突如飛び出してきたコポルタ軍団に続き、服装から王宮関係者に間違いないルキウス殿下たちが出てきたのだ。

ハヴェルマにとっては天敵とも呼べるゾルダヌ。

騎士たちは壁を背にルキウス殿下や侍女たちを守るが、怯えと怒りが混じった声で叫ぶハヴェルマたちに取り囲まれてしまった。

「あああ、違うんだ！　彼らは危険じゃない！　ゾルダヌだけど、俺のことを助けてくれたんだ！」

怒《いか》れるハヴェルマたちに俺の声は届かない。急ぎすぎてヘスタスがちゃんと説明できたのか確認するのを忘れてた。だってコタロ兄弟の嘆きを思えば、とっとと転移門《ゲート》を作るべきだろう。

「おーいタケル、駄目だアイツら俺の話なんて聞きゃしねぇ」

ぴょんこぴょんこと跳ねながらコポルタたちの頭の上を移動するヘスタスは、のんびりと笑う。

「ヘスタス、どこまで話ができたんだ？」

「ええとな、ゾルダヌの城に行ってな、ふかふかの枕をお前が気に入ったところ」

そこじゃなーい。

俺たちの経験を説明する前に、これからすぐに何が起こるかを説明してほしかった。

いやおそらくハヴェルマたちにどうしていたの？　何があったの？　と質問攻めにあっていたのだろう。ヘスタスのことだから喜んで答えていそうだ。

ハヴェルマの若者たちを先頭に、ルキウス殿下たちを取り囲んだまま緊張状態。ここで騎士が腰の剣を抜こうものなら、とんでもない事態に。

また巨大な水玉作るか？　それとも火花でも散らすか？　大きな音を出す？　どうやって？　ヘスタス弾を壁に投げつけるとか！

「タケル、無事に戻ったと思えばなんだこの騒ぎは」

俺の頭に移動したヘスタスの身体を鷲掴《わしづか》みにし、さてどの壁にブン投げようか考えていると。

「王城に捕らわれていたコポルタらを救うたか。もしやお前ならばと思うてはいたが……ははは、これは愉快なことになった」

呆れながらも笑うポトス爺さんが現れると、興奮していたハヴェルマの若者たちは我に返る。

ポトス爺さんの声は朗々《ろうろう》として洞窟内によく響き渡る。もしかしたら声に何かしらの魔力を込めているのかもしれないが、ただハヴェルマたちがポトス爺さんの言うことは絶対という主義なのかもしれない。爺さんは怒ると怖いからな。

「お前たち。タケルは理由があってゾルダヌを引き入れたのであろう。それに、コポルタたちは争いを嫌う。怒りを収めよ」

コンコン、と。

ポトス爺さんの持っていた杖が二回打ち鳴らされると、あれだけ叫んでいたハヴェルマたちが静かになった。

すげえ。

「タケル、説明をしてくれるか」

コポルタたちに取り囲まれていた俺は、ゆっくりと腰を上げて立ち上がる。

コタロとモモタだけは俺の腹に飛びついたまま離れようとしない。こいつらめー。

「おや？　そこにおるのはコタロ殿下ではございませぬか？　確か……二十八番目の王子殿下であらせられる」

俺の腹で離れまいともがくコタロに、ポトス爺さんが優しく話しかける。

ポトス爺さんはコタロのことを知っているのか。そういえばさっきは「王城で捕らわれていた」

とも言っていたな。

だが、ポトス爺さんがゾルダヌの王都――ユグルの本拠地にいたのは、もうずっと前のことだよな？　それなのにコタロのことを知っているとは。

もしかして、コタロ……コポルタ族もユグルの民と同じく長命な一族なのかな。

「む？　ぼくのことを知っているのか？」

「ええ、ええ、もちろん存じておりますよ。まだほんの赤ん坊だった頃にお会いしたことがございます」

「なんと！　ぼくは覚えてはいないが、お前はぼくの赤子であった頃を覚えているのだな？」

「可愛らしい、ふわふわの毛に覆われた御子《みこ》でございました。コタロ殿下がお生まれになった時、我らユグルの民はカイ陛下と共に喜んだものです」

「父上様のお名前を知っている……お前は、本当にぼくのことを……」

「そちらの小さな御子は弟君でございますか？　おお、おお、なんと愛らしい。王太子殿下であらせられたマメタロウ様と瓜《うり》二つでございまするなあ」

しわしわの顔を歪《ゆが》ませ、ポトス爺さんは笑いながら涙を流した。

その小さな身体をパキラに支えられ、それでも気丈に続ける。

「王城の庭で、かくれ鬼をしたこともございますなあ。トモタ殿下がポポタ殿下を見失い、泣いておりましたな。その時、コタロ殿下は東屋《あずまや》で眠っておりましてね。我ら血相を変えて捜したものです」

楽しかった記憶を語るように。

昨日あったかのことのように。

王城の中庭でかくれんぼ。それはつまり、魔素が薄れ中庭の木々が枯れる前のこと。

俺は一抹《いちまつ》の不安を覚え、魔石を握りしめながらコタロを簡単に調査《スキャン》した。


【コタロ・シャンシャンワオン・カイ四世　百二歳】

パゴニ・サマク・コポルタ族二十八番王太子。

甘い味付けの肉が好き。


まじかー。

俺よりも歳上。

なんなら、クレイよりも歳上。

コポルタ族も長命の一族だったのか。見た目だけではわからないな。

「それから？　それから？」

コタロとモモタはポトス爺さんの話に聞き入り、尻尾をふりふり。

今は亡き王子たちの思い出話に深く頷く者たちもいた。いつの間にかコポルタたちはポトス爺さんの近くに集まり、話の続きを催促している。

そんな和やかな光景に殺気立っていたハヴェルマたちは落ち着きを取り戻し、ルキウス殿下たちに向けていた包丁やら槍やらを下ろした。

しかしゾルダヌの騎士たちは警戒を解かないまま、背後にルキウス殿下を隠し続けている。

ハヴェルマとゾルダヌの因縁《いんねん》は深く、俺の想像以上に険悪だった。そりゃあそうだよな。魔力が少ないから出ていけなんて言われたら、なんだそれ理不尽じゃないかと怒って当然だ。王都でキラキラな服に身を包んだゾルダヌが温かなお紅茶を飲んでいる最中、ハヴェルマは暑苦しいヴルカを纏ってごぼう採取していたのだから。

俺だったらそんな境遇、許せない。風呂がないんだからな。

そんなわけで、まずは飯を食おう。

飯を食って、落ち着いてから話をしよう。

「ゼングム、あちこちに落ちている魔石を集めてもらえるか？」

内心穏やかではないだろうゼングムは、俺の声で気づいたようだ。白く輝く魔石が、数えきれないほど落ちていることに。

「タケル……この魔石はどうした」

「ちょっと失敬してきた」

「まさか、王城から盗んできたのか？」

「これはコポルタ族の財産だ。ゾルダヌの魔石坑から発掘した物であっても、労働の対価を支払わないゾルダヌに魔石を持つ権利はない」

「労働の対価を支払わない……？」

ゼングムはそんな馬鹿なと辺りを見渡す。

コポルタたちはぼろぼろの衣服のまま、痩せ細り、どう見ても健康ではなさそうな有様。

「俺が王城の地下にある魔石坑でコポルタたちを見つけた時、彼らは今よりももっと酷い状態だった。たくさんの遺体が並んでいてな。誰しも深い外傷を負っていたんだ」

魔石坑に閉じ込められ、水さえ満足に飲めず、暗い地下で命じられるまま魔石を採り続けていた。

警戒心が強い割には打ち解けるのが早い、とてつもなく純粋な心を持った種族。

「何より見た目だよ！　可愛いだろ！　たまらんだろ！　俺は犬か猫かでいったら両方だと断言するくらい好きなんだ！　コポルタは立派な種族だけど！　可愛いもんは可愛いじゃないか！」

俺が照れながら叫んでしまうと、ゼングムは引きながらも頷いてくれた。

「そんなコポルタ族をどうにか解放したいと願い、次期王位継承者であるコタロを守り続けたのがルキウス殿下だ。あの人はゾルダヌだが、悪い人ではない。攫われた俺に温かな飯と寝床を提供してくれた人だ」

調理したのは俺だが。

「ルキウス……先ほどの」

ゼングムは不愉快そうに眉根を寄せ、未だ騎士に守られ姿を隠したままのルキウス殿下に視線を移す。

「俺に婚約者など……」

言葉では否定するが、その表情は酷く辛そうな。

ルキウス殿下たちの主張と、ゼングムの否定。どちらも嘘をついているとは思えないし、思いたくない。となれば、どちらかが間違った記憶を持っているとか。

記憶っていじくれるもんなの？　洗脳魔法のような、人の意識に干渉するような魔法が働いていたとしたら、このおかしな状況も納得できる。

その魔法があったとして。

記憶をいじくられたとして。

誰が、誰に、どういった目的でそんなことをしたんだ。

4　満たされる腹と、真実と

ゾルダヌから大量の魔石を失敬した俺を、ポトス爺さんはざまあみやがれ良くやったと褒めてくれた。その狂気を含んだ喜びっぷりが怖かった。

ハヴェルマの誰一人として俺を責める者はおらず、むしろ無事で良かったと喜んだ。コポルタ族を保護した理由と、ルキウス殿下たちの存在。

俺が説明している間、ヘスタスは騎士ラトロの兜にもぐって遊んでいた。その様子を面白そうに眺めるコポルタの子供と、ハヴェルマの子供たち。彼らは早々に打ち解け、洞窟内を探している。

ルキウス殿下は丁寧に頭を下げ、突然この場に来てしまったことを詫びた。俺が無理やり連れてきたんだと言っても、それでも無礼な真似をしたことに変わりはないとかなんとか頑《かたく》なに言うものだから、その頑固っぷりにパキラが笑い出した。一人が笑えば誰かが釣られる。そうして笑いの波紋が広がり、やっと誰もが安心することができた。

「エラエルムの枝はしっかり洗って。でも皮を傷つけないようにね」

ハヴェルマの炊事場担当者たちが大量のごぼうを手に、ルキウス殿下の侍女たちに料理指導。ルキウス殿下付きの三人の侍女は皆、良家の子女。アルテにいたっては公爵夫人だ。お茶の淹れ方は知っていても、料理などしたことがないのだろう。

木の枝にしか見えないごぼうをどうやって料理して食うのか、侍女たちは興味津々で説明を聞いていた。

ルキウス殿下はコポルタの執政であるレオポルンと共に、ポトス爺さんと何やら深刻な話をしていたので、俺は邪魔するまいとお肉を狩りに出た。

狩りのさい、騎士ラトロを筆頭に、アルシン、デボラン、メチルの四人の騎士はさすがの本業。

見事な剣さばきであっという間に巨大なお肉、牛型のモンスターを数頭狩ってくれた。

魔石の力を使わずとも、純粋な体術だけであそこまで素早く動けるのは、やはり騎士だからこそだろう。

ヴルカを被った騎士の姿、笑っちゃならんが笑った。ヘスタスは腹を抱えてヒーヒー笑っていた。

ゼングムは騎士たちに警戒を見せてはいたが、見事な戦闘の虜《とりこ》になっていたのは指摘しないでおく。

巨大なモンスターを素早く解体したのは、騎士メチル。遠征に行ったさい、モンスターを狩って調理する担当だったらしい。解体担当だった爺様たちが解体の速さと的確さに、拍手を送っていた。

大量のごぼうと肉の下処理ができたらば、後は一気に炒めるだけ。

俺も味付け担当として監修。洞窟の広場には鼻をくすぐる匂いが広がり、コポルタ族たちは興奮して遠吠えをしていた。

「はい、それじゃあ全員で言うよ。いただきます！」

パキラの号令の下、ハヴェルマ全員が両手を合わせていただきます。

それを見ていたルキウス殿下たちも見よう見真似でいただきます。

俺がハヴェルマたちの前で飯を食う時、必ず両手を合わせて感謝していたら、彼らが真似をしてきた。それから炎の神様にも感謝。良き炎で料理ができたことを感謝するのがハヴェルマとゾルダヌ、ユグルの民の習わしだ。
温かな肉野菜スープとマヨネーズ味のごぼうサラダ、肉の甘辛い炒め物に謎虫の団子。謎虫の団子は遠慮する。

牛型のモンスター、超美味い。まるで高級な肉を食っているようだ。大量の野菜と共に煮込んだ鶏肉ささみのスープも身体にしみる。

しばらく絶食状態だったコポルタ族にはお腹に優しいスープから、と思ったのだが。

彼らの胃腸は強いらしい。大丈夫大丈夫とおかわりをしていた。

ルキウス殿下たちは料理のあまりの美味さに感動し、マナーを忘れて食べていた。豪快だけど綺麗な所作なのはさすがだな。

持ってきた魔石をいくつか利用したおかげで、大量の料理を短時間で作ることができた。

魔石自体はコポルタ族の所有物だと思っている俺は、執政のレオポルンにお願いをした。今更ながら魔石を貸してほしいと。後で必ずどうにかして返すからと。

そうしたらレオポルンは心底驚いた顔をして、そして微笑んだ。

「あのままあの魔石坑にいたら、我らは滅んでいました。ですが、タケル殿が我らを……コタロ殿下をお救いくだされた。今我らが笑っていられるのは、すべてタケル殿のおかげなのです。そんな我らが貴方様に恩を返すとなれば、我らは全力で貴方様のお力になります」

なんて無欲なのだろうか。

コタロもモモタも、他のコポルタたちも。

皆喜んで魔石を差し出してくれた。掘った場所はゾルダヌの王城の地下であるが、掘り当てた功労者はコポルタたちだ。この魔石を売ればかなりの財産になる。それこそ、コポルタ族を再興させることなど容易《たやす》い。

だがしかし、この魔石を売る相手がいないからな。クレイたちと合流したら、俺が言い値で買わせてもらうとしよう。デルブロン金貨五枚あれば足りるだろうか。足りなかったらコポルタ族の国を造る手伝いをしよう。

俺が買うと決めた魔石なので、遠慮なく使わせてもらう。

ハヴェルマだけでも数百人。それにコポルタが数百人加わり、ルキウス殿下を入れた八名のゾルダヌと、俺。

かなりの大所帯になり、静かだった洞窟内がとても賑やかになった。

「タケル、タケル、プンプンオタマの団子を食べていないじゃないか。これはとても栄養があるのだぞ！」

コタロの親切心で差し出された謎虫の団子。

「いや、コタロ。俺はほら、他にもたくさん食う物があるし、このごぼう！　ごぼうに含まれる栄養は虫とは比べ物にならないくらい繊維たっぷり！」

「これ一つで三日は食べなくてもいいんだ！　すごいぞ、食べてみろ！」

「おいしいよ！」

フォークに刺さった謎虫の団子を俺の頬に押しつけてくるコタロ。おまけにコタロを真似したモモタが俺の目に団子を押しつけてきた。そこは口じゃありません。

ちなみに謎虫とは、見た目がとってもダンゴムシなのです。洞窟内の岩の下などにうじゃうじゃと生息しており、コポルタ族の一般的な食材なのだとか。正式名は知らないが、プンプンオタマと呼ばれている。

見た目は豆柴なのに、虫を食べるってどういうことなの。

それを大量にすり潰して練ってこねて焼いてできあがったのが、この茶色い団子で。

俺は可愛い豆柴兄弟の食べろ食べろ攻撃に屈し、謎虫団子を食ってしまったのだ。

イワシのつみれ味でした。

食事を終えて満足したら、コポルタたちは丸くなって眠ってしまった。

腹が満たされたうえ、安全な場所だと確認が取れたからか、すやすやぷーぷーと。もふもふが集まって、もふもふ山ができている。それぞれ安心しきって穏やかに眠る姿は、ハヴェルマたちの心を癒した。


「——さて、何から話せば良いのやら」

子供たちと保護者たちが寝静まった夜。

ひとまず状況を把握してから全員に改めて説明をすると、ポトス爺さんは代表者だけを集めて焚火を囲んだ。

俺と、ヘスタスと、ゼングム。

ルキウス殿下と、侍女アルテと、騎士ラトロ。

他の騎士や侍女たちも同席を希望したが、ポトス爺さんが承諾してくれなかった。

ラータ婆さんはパキラに介助されながら、少し離れたところでお茶を飲んでいる。

神妙な顔をしたままのルキウス殿下と、そんなルキウス殿下をちらちらと見るゼングム。

互いに聞きたいことを懸命に我慢する姿は、まるで思春期の男女。ゼングムのやつ、覚えてないとか言っていたくせに、ルキウス殿下の存在を無視できないようだ。ルキウス殿下は目を見張るような美女だからな。

「第二王女殿下にはご機嫌麗《うるわ》しゅう……などと、このような場所で言うことではないな」

ポトス爺さんがルキウス殿下に深々と頭を下げると、ルキウス殿下は戸惑いながらも頷く。

「ご老体、すまないが我は貴殿に見覚えがないのだ。我の幼少期に傍におられたお方なのか？」

「……ふむ。第二王女護衛騎士隊長、ラトロニクス・ルヴァーディス」

「はっ！　……えっ？」

ポトス爺さんに急に名前を呼ばれたラトロは、姿勢を正して条件反射で返事をしたものの、何故名前を知っているのか戸惑っているようだ。

「フィカス・アルテ・エルディバイト公爵令嬢」

「はいっ！　はい、あの、今はわたくし、フィッツリリア公爵に嫁《とつ》ぎましてございます」

「ほう、左様か。フィッツリリア公爵といえば……マクラータは息災か」

「は、はい……健康であるとは言えませぬが、義父上様はご健勝でございます」

何を言われているのだと、アルテは目を瞬《しばた》いた。

おそらくゾルダヌにしかわからないだろう情報。おまけに、まるで旧友を懐かしむかのような目で語る姿。

そして同じく困惑をしているゼングムに視線を移し――

「この者らの言いしこと、嘘偽りはない。ラトロニクスはお前の友人であり、アルテはエルディバイト公爵家の長女であり、お前の妹御《いもうとご》。そしてルキウス。彼女はお前の婚約者であった」

静かに語られた真実。

焚火の炎が揺らめく中、ポトス爺さんが苦悶《くもん》の表情を見せる。

「ゼングム、今からわしが語ることはすべて真実。ユグルの民の本当の姿。信じられんかもしれぬ。ユグルの記憶を残す、わしとラータは今日まで隠しておった。そうすることがユグルの民を救うと思うておったのだ」

「そいそいよぉ」

ポトス爺さんの言葉にラータ婆さんが頷く。

ルキウス殿下の必死の訴えは嘘ではなかった。それならば、ゼングムの記憶が失われているということ。もしくは、改変されているとか。

沈黙がしばらく続くと、ポトス爺さんが重い口を開いた。

「改めて言おう。わしの名はフィラム・サンヴェリウム・グリマイト……パゴニ・サマク・ユグル族第八十二代国王である」

「なっ……！」

まじか。

ゼングムの驚愕の声が洞窟内に響き渡る。

ユグル族の元王様。八十二代目がどのくらい前なのかはわからないが、ポトス爺さんはユグルの民の王様だったってことか。

「貴殿が、国王？」

「左様、ルキウス。信じられんかもしれぬが、嘘はついておらん。ちなみにポトスは通名だ。サンヴェリウム王。聞き覚えがあるだろう？」

「第八十二代様……王城の地下にある魔石坑を見つけられたお方ですか」

「正解。ちなみにラータはわしの姉ちゃん」

「えええっ！」

「パキラはラトロニクスの妹だ」

「はああっ⁉」

次々と語られる衝撃の真実。

ルキウス殿下もゼングムも口をぽかりと開き、二の句が継げない。

フィラム・サンヴェリウム・グリマイト。その名前は確か、王城の地下に飾られていた歴代の王様の肖像画ミュージアムにあった。老齢の髭《ひげ》もじゃ爺さんの肖像画。確かその人の名前が、それ。

肖像画の爺さんとポトス爺さん、全然似てないじゃないか。

ポトス爺さんが元国王っていうのも驚きだが、ラータ婆さんが王族の一員。そんでもってパキラは騎士ラトロの妹？

だけどパキラはラトロと出会ってもなんの反応も見せなかった。

ゾルダヌの騎士に対し、恨みを込めて睨んでいた。

現に今も、信じられないと口をぱっかり。

「はい質問！　ゼングムとパキラには覚えがないと思うんですが、それはどうしてでしょうか！」

俺が挙手をして声を上げると、呆けていた面々が慌てて頷く。

「大変失礼なことだが、我はサンヴェリウム王はとうに崩御《ほうぎょ》されたものと記憶しておる」

遠慮がちに右手を挙げたルキウス殿下。いや、手は挙げなくていいんだよ。

「そう、教えられたのだろう？　わしの葬式はあったのか？　遺骸《いがい》は見たのか？　墓はどこにある」

「えっ……葬式？　アルテ、覚えはあるか？　サンヴェリウム王の墓を。王墓にはフランギュスタ王の名前までしか刻まれておらぬ」

「わたくしも……覚えがございませぬ。ですがサンヴェリウム陛下が亡くなられている、という記憶だけがありまする」

ポトス爺さんがルキウス殿下とアルテに問うが、二人はただただ狼狽《うろた》えるだけ。

「お前たちに記憶がないのは、記憶を書き換えられたからだ。現王であるディートニクス……あのクソッタレによってな」

クソッタレって。

忌々《いまいま》しげに拳で地面を叩いたポトス爺さんは、苦しそうに、悔しそうに続けた。

「始まりはいつになるかの。魔素の揺らぎを感じた時だ。わしはその頃、既に退位しておってな。わしの何代か後に国王の座を継いだのはエルグスーレではなく、ディートニクスであった。ヤツは魔力がとても少なかったため、正当な王族の血筋であったが王位継承権はなかったはずなのだ」

なんですと。

あの恐ろしいほどの魔力を放っていた魔王が、王位継承権が得られないほど魔力が少なかったとは。

「しかしヤツは諦めきれんかったのだろう。どこからか持ち出した古代遺物《アーティファクト》の力に頼り、他人の魔力を吸い取る術を身に付けたのだ。その古代遺物《アーティファクト》の力は恐ろしく強く、より魔力が強い者から魔力を吸い取るようになった」

誰かが唾をごくりと呑み込む音がした。

ぱちぱちと爆《は》ぜる焚火。

手にしたお茶は既に冷えてしまった。

ポトス爺さんは長い長い沈黙の後、静かに息を吐き出す。

今まで胸の内に隠していた、途方もないユグルの真実を。

「我らハヴェルマの真実の姿――それは、ユグルの中でも秀でた才と、優れた魔力を持っていた者ばかりなのだ」

驚きすぎたヘスタスが、俺の肩から地面に落下した。

「……そんな。父王様が……そのようなことを？」

ルキウス殿下は顔を真っ青にさせ、震えていた。

そんなルキウス殿下を慰めようとしている侍女アルテもまた、今にも気絶してしまいそうなほど狼狽《うろた》えている。

「待ってくれポトス爺！　それなら、俺たちは……俺たちは……魔力が少なくて虐《しいた》げられたわけではなく」

「左様。魔力が他者よりも多かったために、ディートニクスによって魔力を吸われた成れの果てだ」

ゼングムにとっては信じられない、あり得ない事実なのだろう。ポトス爺さんの言葉を否定したいが、声にならないほど困惑している。

といういことは、ゾルダヌは逆に魔力が少なかったから魔力を吸われなかった人たち、ということになるわけで。

なんてこったい。

「古代遺物《アーティファクト》は魔力を吸った相手の記憶を消す。より強い『思い』をなかったことにするのだ。わしは既に王位を退いた身。ヤツが魔力を吸っている事実を知った時は、遅かった。国には魔法を扱える者が減り、その者らは劣等者として扱われ始めていた」

ユグルの民には、もともと魔力が少ない者を蔑む風習があったのだろう。

それでも魔力が少ない民が増えていたのなら、なんらかの異常事態に陥っているのでは、と気づくものじゃないのか？

「俺がゼングムを調査《スキャン》した時、記憶混濁とか記憶喪失とか、そういう結果は出なかったんだけどな」

誰にも聞かれないようこそりと呟くと、今まで黙って聞いていたヘスタスが、俺の背中をよじ登りながら静かに答える。

「あん時はお前の魔力はほとんどなかっただろうが。魔法の力も不十分だったんじゃねぇの？　魔力が足りなけりゃ、いつも通りの魔法は使えねぇだろうよ」

「そんなことあるの？」

「さてな」

なんじゃそりゃ。

さも知っているように答えてからに。

それじゃあ改めて調査《スキャン》先生にお伺いを立ててみたら、結果は違うのだろうか。うーん。

………あ。

そうか。

そうだ。

忘れていた。

すっかり忘れていた。

魔法が使えないという制限に慣れ、万能で偉大なる調査《スキャン》先生の真のお力を忘れていた。

調査《スキャン》先生は俺の疑問になんでも答えてくれる。俺の聞き方によって、その答えを深く掘り下げてくれる。

もしもまたあの魔王に会うことがあれば、再度調査《スキャン》をして、古代遺物《アーティファクト》とやらのありかを教えてもらえるんじゃないだろうか。

そんなに都合よくはいかないかもしれないが、可能性はある。

魔王が所有している魔力を吸う装置らしき物を取り上げれば、これ以上ユグルからハヴェルマを生み出すことはできない。たぶん。

その前に、俺だけだとどうしても身動きが取りづらい。やはり魔法が使えないことが痛手だよな。クレイやブロライトがいれば相談できるし、神様や魔素についてはプニさんに聞けばいい。プニさんのことだから知らないかもしれないが。ビーは俺の癒し要員。臭くても許しちゃる。それから、鞄《かばん》。鞄さえあれば、大量のミスリル魔鉱石で魔王対策ができる。たぶん。

「そいそいなぁ」

ラータ婆ちゃんがパキラを従え、お茶のおかわりを淹れてくれた。

温かなお茶は洞窟に生えている苔《こけ》を乾燥させて粉状にした物。このお茶はユグル族の定番のお茶で、その名も苔茶という。なんとも不思議な抹茶味《まっちゃあじ》。

マデウスでは、苔はお茶にもワサビにもなるのだ。

苔茶を更に細かくして塩を混ぜれば、立派な抹茶塩……やだ天ぷらにぴったりじゃない。ベルカイムの屋台村代表ヴェガに、新商品があると教えられる！

「何考えてんだテメェ」

「いてっ」

そんな俺の現実逃避は、ヘスタスの意外と痛い頬パンチによって掻き消える。お前はクレイかこの野郎。

俺とヘスタスの馬鹿なやり取りに、息を詰めていたゼングムの肩がびくりと反応する。

ポトス爺さんから告げられたユグル族の真実は、ハヴェルマやゾルダヌの常識を根底から覆すものだった。

ゼングムの衝撃は想像を絶する。俺が慰めの言葉をかけられるわけがない。

泣き叫んでそんなわけあるかと嘆いたところで、真実が変わるわけでもない。

葛藤《かっとう》しているんだろうな。

ゼングムだけではない。ポトス爺さんとラータ婆さん以外の全員が、青冷め、脂汗をかいている。

アルテは気丈にも耐えているが、今にも前のめりに倒れてしまいそうだ。

そんなアルテを懸命に支えていたルキウス殿下が、ぎこちなく微笑んで言った。

「……アルテ、無理をするな」

「殿下……わたくしは、わたくしは、どうすればよろしいのでしょうか」

「お前が考えることではない」

「ああ、殿下、殿下……」

「少し休め。朝からずっと気を張っていただろう？　我が許す。頼むから、休め」

ルキウス殿下こそ辛い思いをしているのだろう。

すべての元凶である魔王の娘なのだから、その苦悩は一入《ひとしお》。俺が同じ立場だったらとっとと気絶しているかもしれない。もしくは、魔王をぶん殴りに行く。

それなのにルキウス殿下は微笑み、配下を気遣う。

顔色は悪いし身体も震えているのに、それでも。

緊張の糸が切れてしまったのか、アルテはふと気を失う。閉じられた目からは幾重にも流れ落ちる涙。そのアルテを受け止めた騎士ラトロは、アルテを横抱きにして柔らかい藁《わら》の上に寝かせた。

そんなアルテに布団代わりの布をかけてやったのは、ゼングムだった。

先ほどまで絶望の底にいるような顔をしていたのに、今は冷静にアルテを気遣っている。紳士だな。ゼングムの記憶にはないが、アルテはゼングムの妹。記憶があるなしに、無視することはできないのだろう。

「お前もあんくらいの気遣いを見せろよ」

「……精進します」

俺の頭の上に乗ってきたヘスタスは、笑いながら俺の髪の毛を引っ張った。

一般的な日本男子は、当たり前のように女性を横抱きにして運ぶなんて芸当、できんのだよ。そんな真似がさらりとできるのなら、俺は今頃結婚している。

少しだけ緊張が緩むと、ポトス爺さんは戻ってきたラトロに話しかけた。

「ふむ。ラトロニクスよ、妹御であるパキラの記憶はないのだな？」

「はい。私は……私には妹がおりませぬ」

「古代遺物《アーティファクト》によって魔力を吸われると記憶までも失うと言うたであろう？　ルキウスとアルテにはゼングムの記憶がある。だがしかし、ゾルダヌで記憶を失っておる者は、ハヴェルマほどではないが魔力を吸われているということだ。他にもきっと記憶を失いつつあるゾルダヌがおるはず」

ということはつまり、あの魔王はハヴェルマの魔力だけでは飽き足らず、ゾルダヌの魔力までも吸い始めているということ。

コポルタ族に強制労働させて魔石を採掘させたばかりか、同じ民の魔力すら利用する。

あの魔王、なんて勝手なんだ。

王位を継ぎたいから、他人の魔力を吸って自分のものにするなんて。

そうまでしてでもユグルの民を救いたかった、というわけではないだろう。同じユグルの民であるハヴェルマは国を追い出されている。ゾルダヌの騎士ラトロの魔力までも吸い、そうして自分は何をした？　魔力が多い俺を拉致し、俺の魔力を吸おうとした。

俺から魔力を吸ったら、きっと他の誰かからも吸うのだろう。

そうして自分が生き残ることだけに執着して、一族のことなんておかまいなし。王城を容赦なく破壊していたのがその証拠。民を守るためと言うのなら、あんな馬鹿な真似はしない。

俺の想像をはるかに超えた、とんでもない真実。

他種族の秘密を俺が聞いても良いのだろうかと、今更ながらに思う。ユグル族の根幹に関わる大問題。

魔力が少ないと虐げられていたハヴェルマが、実は魔力が多い優秀なユグルの民で。

魔力が多いことが誇りだったゾルダヌこそが、魔力が少ない劣等者だった。

王城で傲慢《ごうまん》にふるまっていたゾルダヌたちはこの事実を知っているとは思えない。きっと魔力と記憶を吸われ、事実がわからなくなっているのだろう。

さて。

どうするよ。

自分から首を突っ込んだ話だが、ここまでのことだとは想像していなかった。

アルツェリオ王国での貴族たちの暗躍が可愛いものに思えてくる。

俺ができることならなんだって協力するが、俺に何ができるのだろうか。

ゼングムたちは他種族には関わりのないことだ、とかなんとか言っちゃうだろう。しかし、今更俺を無関係にすることは許さない。

ヘスタスだってなんとかしてやろうと鼻息荒く言うはずだ。

ああ、相談がしたい。

クレイに、ブロライトに、プニさんに、相談がしたい。話がしたい。

ビーのぽっこりお腹を指でぷすぷすしてやりたい。

きっと彼らは真剣に話を聞いてくれるだろう。そして、どうすれば良いのか共に考えてくれる。

クレイに頭を叩かれる覚悟はできている。いくらでも叩けばいい。俺の頭は頑丈だから。

それから鞄の中からたくさんの食材を出して。

みんなにふるまって。

ふんわりと臭《にお》うこの洞窟ごと、清潔《クリーン》の魔法をぶちかましてやるんだ。

5　その頃、蒼黒の団は

「ピュッピュピュ～♪　ピュピュッピュピュ～」

暖かな日差しに心地よい風。うっかりすると眠ってしまうほど穏やかな旅路《たびじ》。

東の大陸グラン・リオを出発してから七日。

空飛ぶ馬車は快適な空の旅を続けていた。

輝ける白い天馬であるホーヴヴァルプニルは、走りながら好物のネコミミシメジを食い、上機嫌で走り続ける。

グラン・リオから北の大陸パゴニ・サマクまで、通常の船旅ならば一か月以上かかると言われている。だがしかし、昼夜を問わず走り続けたホーヴヴァルプニルの眼前には巨大な活火山が見えていた。

「空を隠す雲で覆われている、巨大な火を噴く山……あれが、霊山《れいざん》トロブセラっすね」

御者台の背後の窓から顔を出したスッスは、ビーを頭に乗せながら指をさした。

低い地鳴りのような音と、時折光る雷雲。はるか上空から見下ろす山はとても大きく、美しい。

「トコルワナよりも大きいな。グラン・リオではそうそう見ない立派な山じゃ」

スッスと同じく窓から顔を出すブロライトは、興奮を隠しきれていない。故郷であるエルフの郷《さと》に寄り付かなかった「外」エルフであるブロライトは、良い土産話《みやげばなし》ができるとわくわくしていたのだ。

グラン・リオで一番高いとされているトコルワナ山よりも、はるかに大きく見えるトロブセラ山。おまけに炎を吐き出す山などと、誰かに話しても信じてもらえるかわからない。

「クレイストン、わたしは狭き世界におったのじゃと痛感しておる。グラン・リオでさえわたしの知らぬ景色があったというに、外の世界にはこの目で見ても信じられん景色が山ほどあるのじゃろうな」

御者台に座るクレイストンの背をばしばしと叩き、ブロライトは喜んだ。

そんなブロライトの無邪気な姿にクレイストンは笑い、頷く。

「ああそうだな。俺も大抵の信じられぬ光景は目にしてきた。広く世界を知ったつもりであった。だがしかし、この光景は今まで見たことがない。ふふふ、俺はブロライトの気持ちがよくわかるぞ」

「そうじゃろう！　こんな景色、どんな猛者《もさ》でもそうやすやすと見られるものではないからな。スッスも呆けたままではつまらんのではないか？　もっとよう目に焼き付けるのじゃ」

そう言いながらブロライトは窓からぬるりと外に出て、そのまま素早い動きで幌《ほろ》部分の上へと登ってしまった。

「この経験は自慢できるっすね！」

「ピュイ〜ィ」

「ただ信じてもらえるっすかね。火を噴き出すでっかい山を上から見ただなんて、アリアンナさんは信じてくれなさそうっす」

ベルカイムのギルド「エウロパ」の受付嬢、ウサギ獣人のアリアンナの顔を思い出して苦笑するスッス。

そんなスッスの言葉にクレイストンは笑う。

「ならば俺も同じものを見たと言おう。俺は嘘などつかぬからな。お前の言いしことは真実であると」

「本当っすか？」

「だがしかし、空飛ぶ馬車で移動したことは誰にも言うでないぞ」

「ああ、そうだったっす……」

蒼黒の団の移動手段である馬車リベルアリナ号は、エルフ族が精魂《せいこん》込めて造り上げた特別製。それを空飛ぶ馬が引くなどと、行商人が聞きつけたらとんでもないことになるだろう。

街道を安全かつ迅速に移動できる手段は、マデウスには存在しない。国を治める王や上位貴族が乗る特別仕様の馬車ですら、時折出会うモンスターに完全に対抗できるわけではないのだ。

モンスターよりもたちが悪いのが、盗賊だ。行商人は必ずといっていいほど狙われる存在であるし、更に腕の立つ冒険者を雇うには先立つものが必要なのだ。

「それにしてもプニさんはすごい種族っすね。おいら、綺麗な女の人が馬に化ける種族なんて、聞いたことがないっすよ？」

「スッス、それは違うぞ？　プニ殿はおなごに変化できる、馬なのじゃ」

「そ、そうなんすね」

幌天井から顔だけを出したブロライトが、どこからか取り出した果実にかぶりついた。

「マデウスは……広いんすねぇ」

「ピュ」

辺境地であるオゼリフ半島からルセウヴァッハ領のベルカイムに着いた時も、世界は広いのだと思った。

見たことのない建築物、様々な種族、色とりどりの食材。

巨人族であるギルドマスターに出会った時、スッスは卒倒してしまったことを思い出す。

今でこそギルドマスターが心優しい男であることを知っているが、初対面ではなんで町中にモンスターがいるんすかと叫んだものだ。

ギルドで冒険者として登録し、誰にも必要とされないかもしれないが、誰かには必要とされるだろう情報屋として生計を立てた。

元来小人族は好奇心旺盛《おうせい》な種族だ。見るもの聞くものすべてが新鮮で、日々の生活が楽しくて仕方がなかった。

スッスは逃げ足と素早さだけが取《と》り柄《え》の冒険者だったが、依頼の正確さと誠実な対応でそこその評価を得られ、ギルドに職員としてスカウトをされたのは青天の霹靂《へきれき》であった。

ギルド職員を兼任する冒険者として、スッスは充実した毎日を過ごした。決して豊かな生活とは言えなかったが、三食腹いっぱい食べられて屋根のある場所で眠れる。それだけで良かった。

そんなささやかな幸せで満足していたスッスが今、ベルカイム名物であるでき立てのじゃがバタ醤油を食べ、馬車の中では常に風呂に入った後かのように身体は清潔を保ち、移動は空を飛び、獰《どう》猛《もう》な上位種であろう飛竜《ワイバーン》をブッ飛ばして鞄に収納するお仕事。

とんでもない。

素晴らしい景色は見られるが、同時に常軌《じょうき》を逸《いっ》した事態に巻き込まれてしまった。

普通、出会ったら全力で逃げても食われてしまうから会わないことを祈れ、などと言われている飛竜相手に戦い、肉が食いたいからとぶちのめし、投げてよこしてくるのだ。

国から授与された栄誉ある黄金竜《おうごんりゅう》の称号を持つ冒険者チームというのは、こんな日常を送っていたのか。

「ピュピュー？　ピュィ」

額をぺちぺちと叩くビーに、スッスは知らずに寄せていた眉根から力を抜く。

「ははは、大丈夫っすよ。おいらも慣れたっす」

山の裾野から現れた黒い影。

ビーはスッスの頭から飛び立つと、ホーヴヴァルプニルより前に出て索敵を開始。ビーがいち早く警戒態勢を取ったことで、クレイストンとブロライトも条件反射のように胸に下げている結界石を起動させた。

あの眠たい目をしている素材採取家が造ったという、国宝並みに貴重な結界の魔道具《マジックアイテム》。

この魔道具《マジックアイテム》を装着し起動している間は、一切の攻撃を受けないというとんでもない代物。

実際、飛竜の炎の攻撃にもびくともしなかった。最初に炎を吐かれた時、スッスは穏やかに気絶したものだ。これもう死んだ、と。

しかし死ななかった。

目が覚めれば恐ろしい牙を剥き出しにしたお化け鳥が、スッスの目覚めを妨げた。起きたと思ったら、また気絶した。

それも今では慣れてしまったのだ。

そう、経験とは慣れである。

どのような恐ろしい経験であっても、数を重ねればある程度慣れてしまうのだ。

ビーが警戒した通り、遠い空では数匹の飛竜がこちらを目掛けて飛んでいた。

これで何匹目だろうと、スッスは青い空を見つめた。様々な色の飛竜や、巨大なお化け鳥、空飛ぶクラゲのようなモンスターも、慣れた。

それもこれも、自分以外の常軌を逸した強さを持つ者たちによって。

──これは　珍しい　クローネドラゴン
「ぬ？　プニ殿、それはどのようなモンスターじゃ」

愛用のジャンビーヤを両手に構えたブロライトは、幌の上から声をかける。

──竜種の　なかでは　強い
ホーヴヴァルプニルは尻尾をふりふり、機嫌よく空を駆け続けた。一時停止という選択肢はないらしい。いつも通り走りながら対処せよ、ということだろう。

「ブロライトさん！　クっ、クっ、クローネドラゴンは飛竜とはけた違いの強さっすよぉ！　空の王様って呼ばれていて、ランクS認定されている、一国を滅ぼした天災っす！」

スッスは真っ青になりながら叫ぶが、クレイストンは背負っていた槍を手にすると、スッスに鋭い目を向ける。

「ふん、知っておる。俺も遭遇するのは初めてだが、空を飛ぶ竜に変わりはなかろう」

「いや、そうっすけど！　そうっすけどー！　せめて、せめて地面に降りてからにしましょうよ！　今まで一番の大物っすよ！」

「大きいことは良いことじゃ！　スッス、それよりもあのモンスターは美味いのか？」

何嬉しそうに言ってんだ、とスッスはブロライトに叫びそうになった。

いやそうじゃないだろうと、何度泣き叫びたくなったことか。

しかし彼らはそんな非難の言葉を求めているわけではない。

彼らが求めるのは、あの凶悪なモンスターの味のみ。

「おいらが聞いた話でははっ……！　霜降《しもふ》りの極上肉らしいっすーー！」

スッスの叫びは空に消える。

そうして一気にクレイストンとブロライトの覇気《はき》が放たれた。

「ブロライトォ！　風精霊に頼み、彼奴《きゃつ》らの動きを制してくれ！」

「任された！　ビーよ、衝撃波で怯《ひる》ませてくれぬか！」

「ピッ！　ピュピッ！！　ピューーーーーイイィーーーーッ！」

クレイストンの号令によりブロライトが精霊術を展開し、同時にビーの叫び声によって相手の三半規管を狂わす。

これが、空中戦の一連の動きになってしまった。

この戦闘方法を見つけるまでに、何匹の空飛ぶモンスターが鞄の中に収納されたことか。

持ち主であるタケルにこの鞄を返す時が恐ろしい。スッスはもう数を数えるのを諦めてしまったが、少なくとも片手で足りるほどの戦闘ではない。

ビーの強烈な叫び声は空の王者の耳に直撃。恐ろしげな咆哮《ほうこう》と共にバランスを崩したところに、クレイストンの鋭い槍が突き刺さる。

あのドラゴンってあんなに弱かったのだろうかと、スッスは戦闘のたびに思う。

いいや違う。彼らが信じられないほど強いのだ。

空の王者を屠《ほふ》る、空の覇者たち。

「でええぇいっ！」

クレイストンの叫びと共に、先頭を飛んでいたドラゴンの喉元に突き刺さる槍。あっという間に絶命したドラゴンの巨体は、風に踊るようにして御者台を目指す。

「うわわわっ、ビー！　ビー！　鞄を開けてくれっすよー！」

スッスにはタケルの鞄を開けられない。認められた者だけがタケルの鞄に触れられる。鞄に認められるってどういうことだという疑問は呑み込んだ。そういう不思議で便利な道具をタケルが持っている、ということだけを知っていればいい。

この鞄は開くと漆黒の空間が広がるばかり。誤って落っこちてしまったら、どこへ行くのだろうという不安がスッスに付きまとう。

「ピュ！　ピュピュィ～」

颯爽《さっそう》と空中を滑空《かっくう》しながらスッスのもとに戻ったビーは、スッスが胸に抱いていた鞄を受け取り、慣れたものだとばかりに鞄を開いた。

鞄が開くのと同時に、まるで吸い込まれるように巨大なドラゴンが鞄の中に落ちていく。ぬるぬると。ブロライトの絶妙な精霊術は、風を利用して巨大なドラゴンの身体を的確に導く。

ビーが先制攻撃をして対象物を惑わせ、クレイストンが対象物の急所を狙い、ブロライトの精霊術で対象物の身体を誘導してとどめを刺す。一匹目の対象物が鞄の中に収納される時、既にクレイストンは二匹目の対象物に槍を突き刺している。

見事な連携は一切の隙も見せず、ただただ美味しいお肉を食べるために全力を出す。

そのお肉を美味しく料理するのはタケルの仕事なのだが、クレイストンよりも大きなモンスターの数々を、果たしてどうやって解体するのだろうか。

ベルカイムの肉解体業者に持っていっても、いや無理と断られるだろう。

美味しく食うことだけしか考えていない面々は、モンスターの肉を解体するには専門の知識が必要であることを知っているのだろうか。

オオカミやイノシシといった、どこにでもいる食材としてのモンスターではない。

竜種なのだ。

滅多にお目にかかれない、いや一生お目にかかることもないと言われている、竜種。

「くうっ！　ブロライト、行ったぞ！」

クレイストンの槍が突き刺さったままのドラゴンは、死んでなるものかと牙を剥く。幌の上で風を操っていたブロライトはジャンビーヤを構え、すれ違いざまに腹を切りつけた。

「ギョアアア！　ギョアアア！」

ドラゴンは逃げようとするが、クレイストンが背中に深々と刺した槍がそれを許さない。

クレイストンの太陽の槍は持ち主のもとに戻ろうとする、特別な槍だ。

どれだけの剛腕でも、どれだけの巨体であっても、槍はそっちに行きたくないあっちに行くのよともがく。

槍は突き刺さったままぐにぐにと蠢《うごめ》き、傷を広げる。

クレイストンが槍を使い始めた頃、こんな使い方ができるとは思いもしなかった。だがしかし、空中戦に慣れた今なら槍の動きを把握し、それを利用して戦うことができる。

「でぇえい！」

野太い叫び声でドラゴンの翼を切りつけたブロライトは、素早い動きで槍を更に深く刺し込んだ。

ドラゴンは狂ったように暴れ、やみくもに翼をばたつかせ、それでもブロライトを食ってやろうと大口を開ける。

「プニ殿！　今じゃ！」

絶妙の頃合いを見計らい、ブロライトが合図を送ると――

ホーヴヴァルプニルは待ってましたと鼻を膨らませ、特大の雷《かみなり》をドラゴンに落とした。

雷と言ってもパチッとなる静電気のようなものだが、近くには火山雲がある。ごろごろばちばちと走る雷を利用して、どうにかこうにか誘導して、ドラゴンの命の灯《ともしび》を消すのであった。

「ピュー」

まるで自分こそがとどめを刺したのだと得意げなホーヴヴァルプニルに、ビーは疑いの眼差しを向ける。

その瞬間――ドラゴンの巨体が馬車の上部結界に直撃。それによる強烈な振動が馬車を激しく揺らした。

最後の獲物を収納するため、スッスが鞄に目を落としていた最中。

衝撃のせいでホーヴヴァルプニルは驚き、何故か直滑降。突然の馬車の傾きにクレイストンとブロライトは対処し、それぞれ落ちないよう何かに掴まる。

しかし、そういった緊急事態に素早く対処できない者が一人。

「あっ」

振動が伝わり、スッスの身体が跳ね飛ぶ。

ちょうど御者台の後ろの窓から、大空へと躍り出た身体。

「へっ」

鞄が手から離れる。

身体が宙を舞う。

「え？」

何故自分は大空を見ているのだろう。

スッスは自分の置かれている状況を理解するまで、ドラゴンの調理の仕方を考えていた。

タケルならどんな料理にするのだろうかと。

蒼黒の団の台所と呼ばれているタケルのことだ。きっと自分の知らない、とんでもなく美味い料理を作ってくれるに違いない。

きっとそうだ。

やったあ。

「あああああーーーーーーっ!?」

重力に逆らわず、小太り真ん丸の小柄な身体は真っ逆さま。

「スッス!?」

「スッス！　待て！　落ちるなーーー！」

「無理っすぅぅぅぅーーーーーーーーっ！！！」

落ちている者に落ちるなと叫ぶクレイストンに、スッスは泣きながら応えた。

ここははるか空の彼方。山よりもずっと上。

そんな天上世界から真っ逆さまなどと。

やはりとんでもないことに巻き込まれている気がする。スッスはそんなことを考え、それでも彼らならどうにかしてくれると強く願う。

しかし、スッスは風圧で顔面をぐにゃぐにゃにしながら落ちていったのだ。

6　白いロマンスと、鳩尾《みぞおち》への一撃

ポトス爺さんの衝撃の発言から一夜明け、相変わらずどんよりとした空の下。

目覚まし時計もないというのに、コポルタ族は早朝に起き出して遠吠えの大合唱。

どうしてか安眠していた俺の周りをぐるりと取り囲み、わんわんわおーんと。そりゃ飛び起きるわ。何してんの。

寝ぼけ眼《まなこ》で慌てて起き出すと、モモタとヘスタスが腹を抱えて笑っていた。

「ううう……昨日の夜、なかなか寝つけなかったのに」

重たい瞼《まぶた》をなんとか開けようと、でかい欠伸《あくび》を一つ。

コポルタたちは俺が起きたことに安心したのか、喜びながら四方に散っていった。

ある者は炊事場に行き、ある者は泉の側で洗濯の手伝い。

寝起きのふわふわする頭のままで周りを見渡すと、ハヴェルマの民は精力的に朝から動き始めているようだ。

炊事場から良い匂いが漂っているということは、朝食の時間には間に合ったな。

「おはようなのだ、タケル！　寝坊助《ねぼすけ》だなあ」

朝っぱらから元気いっぱいの王子様は、起き上がった俺の顔に濡れた布を押しつけた。

いや、これで顔を拭けっていうのはわかるが、力任せに押しつけるなって。

「ふわぁ……おはようタケルさん！」

「おはようコタロ。モモタも、みんなおはよう」

「わんわんっ、おはよう！」

「おはよう！」

良いお返事。

コポルタ族は疲れ知らずなのか、疲れにくい種族なのか、疲労を見せずに尻尾をふりふり。

ハヴェルマたちとコポルタたちはすっかり打ち解け、まるで昔から同じ種族だったかのように仲良くやっている。

平和で温かな光景に一安心だが、ルキウス殿下たちの姿が見えない。ゼングムとポトス爺さんの姿も。

どこへ行ったのやら。

「あら起きたの？　おはようさん、タケル」

ごぼうが大量に入れられている籠《かご》を抱えたパキラが、上機嫌で挨拶をしてくれた。

だが、パキラの目の周りは真っ赤に腫れている。昨夜は眠れなかったのだろうか。

「おはよう、パキラさん。ええと、ゼングム……たちは」

「綺麗なお客人を連れて外へ出たわ。ヴルカを被っていたから、塩の採取じゃないかしら」

そう言いながらパキラが視線を移すと、炊事場にはアルテを含めた侍女たちの姿。泉の側では鎧を脱いだ騎士ラトロたちが、大きな壺に水を入れている最中だった。

俺はコタロにもらった布で顔を拭くと、髪の毛をちょいちょいと整えてから思いきり背を伸ばす。

ハヴェルマたちは昨夜の話を聞いていないのだろうか。

俺の足と腹にしがみつく豆柴兄弟をそのままに、俺の枕元にお供《そな》えのように置いてくれた木のカップに入った水で喉を潤《うるお》す。

働かざる者食うんじゃない。

蒼黒の団のモットーは、仲間が傍で見ていなくても守る主義。

料理の手伝いをしようと立ち上がるが、コタロとモモタは離れてくれない。

温かなもふもふがふたっつ。後頭部を優しく撫でると、コタロはケタケタと笑い出す。こいつめー。

「ほらほら二人とも、飯の支度《したく》を手伝わないと」

「あさごはん！　プンプンオタマを探す！　行くぞモモタ、岩の下を探すんだ！」

「あ、ちょっ、それはヤメ……」

「わかったあにうえ！　ぷんぷんおたま！」

「苔茶！　苔茶を探して！」

兄弟は俺の制止を聞かず、嬉々として岩場へと向かった。

仲良さそうに笑い合う兄弟の姿を見ると、ここに連れてきて本当に良かったと思う。

特にコタロ。彼はゾルダヌの王城で捕らわれていたも同然の身だった。ルキウス殿下の庇護下で守られていたとはいえ、周りはほとんどがコポルタ族を奴隷同然に使っていたやつら。

両親を失い、大勢の兄弟を失い、仲間は人質として強制労働させられている中、精神がおかしくなっても仕方がない。

コタロは今笑えているが、本当に心から笑えているのだろうか。

モモタと再会したコタロは、モモタを慰めるばかりだった。いや、兄として毅然《きぜん》とした態度を取っているのかもしれないが、それにしてもだ。

コタロが泣いた姿を見ていない。

弱音も、愚痴も、聞いていない。

ずっと笑顔を絶やさず、弟を気遣う姿はなんだか痛々しくて。

両親と兄弟を亡くしたと教えてくれたコタロの顔が、今でも忘れられない。

コタロは、なんでもないことのように言っていた。悲しそうにもせず、言いづらそうに戸惑うわけでもなく。

あの時の顔が、どうしても気になる。

「なあヘスタス、コタロの様子を気遣ってもらえるか？」

「お？　なんだなんだ、どうした？」

俺の腕をよじ登っていたヘスタスに声をかけながら、炊事場へと向かう。

「無理してるんじゃないかな、となー」

俺の気のせいだったら良いのだが、俺の勘って当たるんですよ。

嬉しそうに岩場を飛び回る兄弟を眺め、不安を吐露《とろ》する。

ヘスタスは俺と同じく兄弟たちのほうを見つめると、ぴょんぴょん跳ねながら俺の頭の上へ。

「そりゃあ、無理するだろ。ここはまだコポルタの安息地ってぇわけじゃねぇからな。アイツは見た目はアレだが、アレでも一族の長《おさ》だぞ。気ィ張ってんだろうよ」

つまりは空元気《からげんき》、ということかな。

ヘスタスは大雑把《おおざっぱ》でガサツな性格だが、人の心の機微には敏《さと》い。リザードマンという種族の特徴なのだろうか。クレイストンもクレイストンの息子のギンさんも、基本的に紳士。何故か場の空気を読むのはヘッタクソだが。

コタロを傍で見守り続けてきただろうルキウス殿下は、きっと余裕がない。衝撃の事実と自分の存在意義とで、胸の内は大変なことになっているはずだ。

「アイツにゃ、人を頼ることを覚えさせたほうがいい。たとえ一族の長でも、一人でなんでも抱え込んだら壊れちまわぁ」

「おお。ずいぶんとまともなこと言うな、ヘスタス」

「へへん」

ヘスタスはそう言ってドヤ顔を見せると、飛び跳ねながらコタロたちのもとへと行ってくれた。

ヘスタスが傍についているのなら安心できる。

俺は炊事場の手伝いをしようとしたのだが、朝食の支度はとっくに済んでいると言われてしまった。

朝食はできたそばから食べていく決まりで、初めに外へ採取に行く面々が食べることになっている。

だがしかし、ゼングムとルキウス殿下が戻っていない。

岩塩が採れる近くの崖《がけ》に行っているのだろうということで、俺が呼びに行くことにした。

元婚約者同士だとはいえ、今はゾルダヌの王族と、ハヴェルマの民。一触即発の状態になっていたらどうするよ。

今のルキウス殿下は魔法が使えないんだ。かといってゼングムが使えるわけではない。

それなら肉弾戦？　ゼングムはモンスター相手でもある程度戦えるが、ルキウス殿下はどうだろうか。王宮から外に出たことのない、箱入り娘ならぬお姫様。一通りの護身術は貴族の嗜《たしな》みとして身に付けているだろうが、実戦ではどうか。

口論か？　え？　ばーかばーかまぬけ、とかそういう？　……幼稚園児じゃあるまいし、そんなことにはなっていないだろう。

「おーいゼングム、ルキウス殿下、朝ごはんができましたよ」

集落がある洞窟から外に出ると、殺風景な岩場が続く。

乾いた砂地に点在する岩場を抜け白い壁が聳《そび》え立つ広場に入ると、先がなだらかな崖になっている。崖から下は塩の塊でできており、ここらへん一面が塩の採取場となっている。

ハヴェルマが利用する塩は純白で、混じりっけがほとんどない。ベルカイムやトルミ村で一般的に使われている塩は、茶色の藻塩《もしお》のような物。純白の塩は王都の一部の王侯貴族のみが使われる貴重な物だった。

ここらへんすべてが純白の塩だとして、かなりの財産になるのだろう。

ハヴェルマの民が今よりもっと余裕のある暮らしをするには、どこかと交易をするべきだ。例えばごぼう。グラン・リオでは見られない、魔素を含んだ特別な木の枝。魔導士や魔法使い、魔法に関する仕事に従事している者ならば大金を積んでも手に入れたい代物だろう。

それから苔茶。個人的にあの抹茶味の苔が欲しい。洞窟内で栽培している苔茶畑の規模をもっと大きくすれば、いくらか売ってもらえるだろうか。

北の大陸が獰猛な海獣によって閉ざされていなければ、他の大陸と取引ができるのに。

「ゼングムー？」

脳内で抹茶塩でごぼうの天ぷらを食う妄想をしつつ、採取場へと続く道を進む。

すると、誰かの話し声が。

「リコリス……姉上のことは覚えておるのだな」

この声はルキウス殿下と。

「覚えているわけではない。彼女とは幾度かこの場で会ったことがある」

ゼングムだ。

二人は塩の採取場で話をしているようだ。

「この場で？　姉上様はこのような場所で何をしておられたのだ？」

「ここにある塩は上質な物のようだ。他の大陸では白い塩というのは希少らしい」

「白い塩が希少……？　王都の近くにある採取場ではなく、何故ここに来たのだ」

ゼングムは屈むと、白い塊を一つ手に取った。

「王都の採取場では、もう満足のいく塩が採取されないようだ。無計画に採りすぎたせいで、王都で賄《まかな》える塩はあと数年で終わると」

「なんと……！　私は、そのようなこと聞いておらぬ！」

「彼女も誰かから教えられたわけではなく、執務官らが噂しているのを立ち聞きしたらしい」

リコリスというのは俺を拉致した黒ローブのアイツか。俺にとっては宿敵とも呼べる相手だ。

オゼリフ半島で無理やり俺を眠らせて拉致したうえ、干からびた大地に放置したんだからな。どんな理由があるにしろ、いや俺の魔力を奪う目的だったのだから許されるわけがない。

しかもその魔力を吸っているのが魔王。

同族からでは飽き足らず、手っ取り早く俺を狙うとは。

賢いんだかバカなんだか、わからない。魔力があるってことは、それだけ抵抗し得る力があるということだ。

まあ、俺を拉致することには成功したわけだから、途中までは目論見通りだったわけだけども。

「リコリスは……この採取場から塩を？」

「いや、彼女は採らなかった。俺たちが困るだろうと言って」

「えっ？」

「今ならわかる。彼女は……リコリスは、記憶を持ったままなのだろう。俺は覚えていなかったが、俺を一目見て俺の名を呼んだのだ。お前はゼングムだろう、と」

うーんと？

あの黒ローブが？

ゼングムたちハヴェルマを気遣った？

塩を持っていかなかったということは、そういうことだろう。

「姉上様はお優しいお方だ。父王様の命によって毎日のようにあちらこちらに出かけ……精根尽き果てた状態でお戻りになられていた」

ルキウス殿下は辛そうに拳を握りしめると、近くの巨大な岩塩に向けて振り下ろした。

ガツンと鈍い音を響かせ、拳を赤く染める。

「私にも任せてほしいと毎日言った！　だが姉上は聞き入れてくれなかった！　父王様の命は絶対であるからと。私には関係のないことだと！　私は、私は第二王女だぞ？　私にだって姉上の仕事は手伝えた！　それなのに……！」

「ルキウス」

ゼングムが慌ててルキウス殿下の拳を手に取ると、自分の両手を重ねる。

「彼女……リコリスは言っていた。可愛い妹がいると。その子は優しすぎて、外の世界は辛すぎるから連れてこられないのだと。聞いた時は幼い御子なのだなと思ったが……このように儚《はかな》げな手をされた淑女《しゅくじょ》とは思わなかった」

「なっ……何を……」

おおっと？

おっとおっと？

俺、この場にいていいのだろうか。今更だけど！

雰囲気だけは恋人たちの逢瀬《おうせ》なのだが、忘れないでほしい。魔素の薄いこの大地で、無防備なまで歩くのはご法度《はっと》。

そう、彼らは――白いナマハゲなのだ。

もじゃもじゃのヴルカを被り、互いに手を取り合っているのだ。

せめてヘルメット部分だけでも取れよと野次《やじ》を投げたい。せっかくいい雰囲気になっているのに、気が利かないなあゼングムは！

「俺は……貴方のことを覚えていない。初めは気にも留めなかったが、今はとても悔いている。俺は幼い頃より貴方の婚約者であったのだろう？」

「あ、ああ。私が七歳の頃に貴殿との婚姻が決まった」

「そうか。七歳の頃の貴方はどのように愛らしい御子であったのだろう」

「ふぁっ！　ああああ、愛らしいっ、など、と！　わわわ、わたしは、貴殿の憎みしゾルダヌなのだぞ！」

「それがなんだと言うのだ。今はゾルダヌもハヴェルマもない。互いに苦しみ、涙を流した者同士ではないか。きっと俺の仲間たちも理解してくれる。ポトス爺が悪いようにはしないだろう。だから、俺は……」

「ゼングム……」

いいぞゼングム。

見た目がナマハゲでとっても恰好は悪いが、ルキウス殿下は完全にお前のことを惚れ直しているぞ。

息を吐くように女性を口説く男って本当にいたんだな。

貴族の社交界では男が女性を口説くのが礼儀で、女性を壁の花にする男は最低だと言われるらしい。相手がどんな女性であってもだ。

それをルセウヴァッハ領の領主であるベルミナントから聞いた時は、うわあ面倒くせえと辟易《へきえき》したものだ。

ルキウス殿下を口説くゼングムの姿は、まさしく貴族の令息。記憶がなくても身体が覚えているものなのだろうか。

ナマハゲの下の顔が見たいなと物陰から首を伸ばしていると。

「あれは……？」

「飛竜であろう？　聖なる山の上空をよく飛んでおる」

「いや、飛竜にしては飛び方が下手だ。まるい……まるくて茶色い何かが……」

「ゼングムは相変わらず目が良いのだな」

「ふふふ。それは貴方の瞳を遠くからでも見ていられるように」

「なっ……なんてことを言う、のだ……」

ひゅーひゅー。

痒《かゆ》くてそこら中の地面を叩きたい気分だ。

「落ちてくるようだな」

「ああ。まるくて茶色い何かが……うん？　あれは、馬車？　馬車が空を……」

「ゼングム、いくらなんでも馬車は空を飛ばぬであろう？」

ほんとだよ。

馬車が空を飛ぶなんてわけが。

「あーーーーーー！」

俺は思わず物陰から飛び出し、ゼングムたちが眺めていた方向を指さす。

確かにまるくて茶色い物体が、ぐるぐると回転しながら落下していた。

それを追うのは白い天馬が引くリベルアリナ号。

「タケル、どうした！」

「ゼングム、ゼングム、あの馬車、俺の仲間！　落ちている茶色いのが何かはわからんけど、俺の仲間たち！」

「なんだと!?」

焦って説明する俺に、ゼングムは問いただすわけでもなく翼を広げた。

「ゼングム！　これ持ってけ！」

飛び立とうとするゼングムに、手にしていた魔石を投げつける。

この魔石はコタロが俺にくれた物。何かあった時のために、常に一つは持っていてくれと言われていたのだ。

ゼングムは魔石を受け取ると風を巻き起こしながら飛び上がった。

今までに見たことがない、ゼングムの力強い羽ばたき。遠い空のはるか向こうまでひとっ飛びだ。

「すごい！」

俺が目を凝らしながらゼングムの姿を追っていると、ルキウス殿下がヴルカのヘルメット部分を外しながら言った。

「ゼングムの翼は誰よりも大きく、力強い。ひとたび空に躍り出れば、そこはゼングムの庭も同然だ」

ヴルカの下から出てきたルキウス殿下の顔は、真っ赤だった。

「魔石の力で本気を出せたのかな」

「ふふふ。あれがゼングムの本気だとでも？」

そうやって嬉しそうに微笑んだルキウス殿下の瞳は潤んでいた。

ゼングムは真っすぐに茶色の落下物へと近づくと、空中でそれを見事キャッチ。ゼングムの両手に余るほどの大きさだったが、一体何が落ちていたんだ。

リベルアリナ号を引くプニさんがゆっくりとした降下になると、馬車の幌部分にクレイとブロライトの姿が見えた。

ビーはどこだ？

ビーの姿が見えない。

この薄い魔素の大地で、ビーは呼吸ができるのか？

「ビー！」

あの茶色い物体がビーだとか言うんじゃないだろうな！

「ビー！　俺はここにいるぞー！」

大声で叫んでいると、ゼングムが俺に向けて片手を振っている姿が見える。落下した何かは無事だったと教えてくれているんだろうが、今はそれどころじゃなくて。


——イィイィ……

「ビー！」

——ピュイィ……


「ごぼうの肉巻きデカ盛丼は美味いぞーー！」

「ピュイイィィーーーーッ！」

嗚呼《ああ》。

懐かしのあの声。

ひと月も離れていなかったというのに、もう何年も会えていなかったような気がする。

なんだかんだといろいろあった俺だが、常に身近に感じていた存在。

「ピュイ！　ピュイィ！　ピューーイッ！」

ああそうだな。

俺も会いたかったよ。

会いたくて会いたくて、お前がいないのについつい声をかけていた。

お前の存在がこんなに大きかったんだと、改めて思い知らされたよ。

「ピュイ！　ピュイィーーーっ！　びゅぃ、びゅぃぃぃっ……！」

「いや、ちょっ、待てビー、落ち着け！　そのスピードのまま突っ込まれたら！」

「ビュイィ！！」

ダメだありゃ。

俺の声が届いていない。

涙と鼻水で顔をぐっちょぐちょにした小さな竜は、そのままの勢いで俺の鳩尾へと突っ込んでくるのだった。

＋　＋　＋　＋　＋

「ピュイィ……」

「む。ぼくは離れないぞ」

「ぼくもはなれないぞ」

「ピュイィ〜〜〜ッ」

「うーっ、わんわんっ！」

「わんわんっ！」

どうなってるの。

目が覚めたら目の前が生臭チビ竜の腹で。

俺の腹にはもふもふの塊が二つあるっぽくて。

だがしかし、その腹は先ほどの衝撃でジンジンと鈍痛《どんつう》が続いている。

ビーのやろう、嬉しいのはわかるが、猛スピードで俺の腹に突っ込みやがって。避けようと思えば避けられたが、あそこで避けたら果てしなく拗《す》ねられるだろう。

覚悟を決め腹に力を入れて受け止めてやれば、そのままの勢いで壁に吹っ飛んだ俺。綺麗な放物線を描いて飛んでいく俺を見る、ルキウス殿下の唖然とした顔が忘れられない。美人は大口開けたままでもお綺麗でした。

「んむむ……むむ……」

「お。クレイストン、タケルが目覚めたようじゃ！」

どうやら傍にはブロライトがいるようだ。

視界がビーの腹のみで周りが見えない。ついでに息苦しい。

「おお、目覚めたか。まったく、勝手に連れ去られおって」

なんだよそれ。俺が好き好んで連れ去られたと思うのか？　クレイこんにゃろ、そこへ直れ。説教かましちゃる。

「ビー、これ、そろそろタケルを許してやれ」

「ピューイ！　ピュイィ！」

「うぶぶぶぶ……」

嫌だ嫌だと泣き叫ぶビーのおかげで、俺は窒息《ちっそく》寸前。

力は入らないが震える両手をどうにか持ち上げて、ビーの背ともふもふ兄弟の頭を撫でてやる。

俺も会えて嬉しいんだ。だけどそうやって泣いていたら、ビーの顔は見られないままだ。

コタロとモモタは何故か俺をビーと取り合っているようだが、お前たちも心配するな。仲間が来たからって、お前たちを置いてどこにも行かないから。

安心させるように撫で続けてやると、ビーがやっと顔を上げてくれた。

「ピュピュ……」

「はいはい、わかったわかった。俺も会いたかったから」

「ピュムムム……」

「は？　プニさんにいじめられた？　まーた、あの馬神様はまったく……子供と本気で喧嘩するんだから、やめてほしいよな。俺が後で美味い飯を作ってやるから、許してやれ」

「ピュイイッ……ピュイイ……」

「はいはいはい、ごめんなさい。俺はここにいるよー」

「ピュイイ～～～」

ビーの涙と鼻水とヨダレで、俺のシャツはびっしょびしょ。ついでに髪の毛もなんらかの液体まみれになっているな。くっそ。満足に風呂に入れないこの場所で、なんてことをしてくれる。

馬車に清潔《クリーン》の魔石をつけているからビーは常に清潔だったはずなのに、なんで生臭いんだよ君は。

「無事なようであったな、タケル」

まるで他人事《ひとごと》のように笑うクレイを睨みつけて、差し出してくれたその手を掴む。

「そっちも無事で……無事だよな？　ビー、どこか怪我していないよな？」

「ピュ」

まだ離れてくれないビーと豆柴兄弟をひっつけたまま、クレイの力を借りて上体を起こす。

見れば洞窟の泉の側で寝かされていたようだ。

黒いちびっこドラゴンに泣かれしがみつかれている俺を、ハヴェルマの皆が遠巻きに見ていた。

ゼングムとルキウス殿下もヴルカを脱いだ姿でこちらを不安そうに見ている。

気持ちはわかる。

いきなりでっかいリザードマンと、エルフと、小さいながらもドラゴンが登場したんだからな。

閉ざされていた北の大陸には、いないかもしれない種族たち。

――ぶるるっ
「あ、プニさん。いらっしゃい」

馬の姿のままのプニさんも洞窟内に入れてもらえたようだ。

――タケル　ここは　魔素が　少ない
心底不愉快そうに言うプニさんを見て、安心している自分がいる。

ランクAの冒険者と神様候補と神様がいるんだから、ちょっとやそっとではどうにかならないとは思っていた。

だがどんな時でも予想のつかない出来事がある。何せ俺の常識が通用しない、むしろ常識が非常識となり得るトンデモマデウスなんでもアリだ。

俺のいないところで誰かが傷つくようなことがあれば、俺はブチ切れるぞ。

プニさんは馬のまま俺の髪の毛をはむはむ。プニさんなりに俺の安全確認をしているのだろう。

俺の髪の毛は涙と鼻水でべっちょべちょだが。

「そうなんだよ。魔素がめちゃくちゃ少ない場所だから、息苦しかったりしたら教えてくれよ」

――おかしい　このような大地　あり得ぬ
「プニさんもそう思う？　その謎を解決したいと思っているんだけどさ」

――ぶるるる……

高い天井にこだまするプニさんの鼻音。

やけに静かだなと周りを見渡すと、皆揃ってすんごい顔して俺を見ている。

コタロとモモタも目をまるまるとさせ、俺を見ていた。

なんで皆してそんな顔してんの？

「ふふ、ふふふ、タケルよ、気づかぬか？　プニ殿の声は、プニ殿が話そうと思う相手にしか聞こえぬのだぞ」

知っているよそんなの。

今更クレイは何を言っているんだ。何がおかしい。

プニさんは気まぐれ馬神様だから、馬になっている時のプニさんの声は特定の人にしか聞こえない。プニさんが話そうと思う相手にしか、聞こえ……

あっ。

「タケル、タケル、さっきから何を話しているのだ？　頭でも打ちつけたのではないのか？　そこなる黒い飛びトカゲのせいで」

「ピュイッ!?」

不安そうに俺の腹をふにふにしてくれるコタロだが、そこはビーの頭が直撃したところだから痛いんだよ。モモタよ、兄の真似をしてふにふにしないでくれ。

そうだった。プニさんの声は皆には聞こえないんだった。

「プニさん、どうして馬のままなの」

今更だけど声をひそめて問うが、プニさんは顔を左右に振る。

このままだと皆にプニさんの声が届かず、俺が異常者になってしまう。

「ブロライト、コポルタ族と戯《たわむ》れてなさんな」

呑気にコポルタ族と遊んでいるブロライトに、どうにかしてくれと訴える。

「タケル、タケル、コポルタ族じゃぞ！　グラン・リオでは滅んでしまった一族じゃ！　まだこのようなところで生き残ってくれたのじゃな！　わたしは嬉しい！」

「そうだね。嬉しいね。それでね？　プニさんが人の姿になれなくて」

「そなたらの一族は、昔わたしの郷とも交流があったそうじゃ。知っておるか？」

「いや、話聞けよ」

ブロライトはコポルタ族との交流が嬉しくてたまらないのか、子供のコポルタ族にさっそく懐かれてケラケラ笑っている。

この状況を整理せねばな。

俺はビーを頭に乗せ直し、コタロとモモタを片手にまとめて抱いて立ち上がった。

こちらを心配そうに眺めている皆に視線をやると、にやけ顔のクレイを指さす。

「心配しなくてもいいよ。あっちのでかいリザードマンは、クレイストン。グラン・リオでは冒険者Aランクの凄腕《すごうで》だ。槍術の使い手で、めちゃくちゃ強い武人」

クレイはドラゴニュートだが、クレイ自身がリザードマンという種族に誇りを持っている。だから誰かにクレイを紹介する時は、必ずリザードマンだと教えるようにしている。

俺にいきなり紹介されたクレイは、慌てて姿勢を正して頭を軽く下げた。

続いてコポルタ族にまみれたブロライト。ああもう、綺麗な金髪がもじゃもじゃ。

「そっちのエルフっぽいやつは、正真正銘エルフ。グラン・リオ・エルフ族の郷、ヴィリ・オ・ライ出身の、なんたらかんたらブロライト」

「ヴェルヴァレータブロライトと申す！　わたしたちはタケルの仲間、チーム蒼黒の団じゃ！」

元気よく挙手をするブロライトを真似て、同じく挙手をするコポルタの子供たち。クレイの尻尾にもコポルタの子供たちと、ハヴェルマの子供もいるようだな。クレイはでかいし顔が怖いからモンスター判定されるかもと心配していたが、討たれなくて良かった。

どうやら二人はコポルタ族に受け入れてもらえたようだ。もう少し警戒心を持ってもらいたいが、今は言うまい。

「それで、こいつが……ビーっていうんだ」

「ピュ〜」

ビーは泣きべそそのまま俺の頭にしがみついているが、片手を挙げて挨拶をしてくれた。

「タケル、それは飛びトカゲだろう？」

「ピュー ッ！」

コタロの素朴な疑問に憤慨するビーを押さえ、コタロとモモタを地面に下ろし、コタロと視線を合わせる。

「飛びトカゲが何かは知らないが、ビーはドラゴンなんだ。ブラックドラゴンの子供で、小さくてもとっても頼りになる、強い仲間なんだ」

「ピュ！」

あらやだ嬉しいと喜ぶビーの頭を撫でつつ、モモタにも視線を移す。

「俺の大切な相棒だから、仲良くしてくれると嬉しい」

可愛いやつらが喧嘩するだなんて、そんなことは許さないぞ。

ビーの可愛さと、コポルタ族の可愛さは、比べてはならない。どっちがより可愛いかなんて、無粋《ぶすい》なことは聞くんじゃない。

米とパンどっちが好きかと問われて、どっちも好きだと答える男だ俺は。それが恥だとは思わない。絶対にどちらか選択しなければならないとしたら、米を食いながらパンをおかずにするだろう。

コタロとモモタは目をぱちぱちと瞬《しばた》かせ、警戒するビーを見つめる。

へにゃりと力を失っていた尻尾が、ゆるりと左右に振られた。

「ドラゴン？　それなるは、ドラゴンの子供なのか？」

「ビーっていうんだよ、コタロ。ビー、この子はコタロ。コポルタ族の王子様で、こっちは弟のモモタ」

「ピュ……ピュー？」

「ああ、俺がとっても世話になったんだ。この洞窟にいる人、全員、俺のことを助けてくれた。だから警戒することはない。ビーもみんなと仲良くしてほしい」

さあ皆、俺の相棒を見るがいい！

——と、視線を上げると。

目の前には。

一斉に膝をつく、ユグルの民たち。

俺が泉を背にしているから、半円状に並んだ人たちが、全員俺に向けて頭を下げている。

いやいやなにこれ。

どうしたの。

「クレイ、ブロライト？　どうしたのこれ」

焦って二人に問うが、クレイも冷静に答えてくれるどころか、この状況に焦っている。おいおい。

ブロライトはキョトンとしているコポルタ族たちと同じく、何もわからぬキョトン顔。おいおいおい。

いつの間にか半円の中央で頭を下げていたポトス爺さんが、少しだけ顔を上げた。

「偉大なる聖なる神の御子よ、尊き御身のかんばせを拝見できる喜び、かしこみ、かしこみ申す……」

おおお？

この面倒くさい仰々《ぎょうぎょう》しい挨拶、どこかで経験しているな。どこだっけ。

ああそうだ、エルフの郷でブロライトの兄ちゃんであるアーさんだ。プニさんに挨拶する時に言っていたんだ。アーさん元気かな。

それならプニさんに挨拶をしているのかと思えば、プニさんは呑気に泉の水を飲んでいる。ポトス爺さんの視線の先には俺。プニさんじゃない。

俺にそんな畏まった挨拶をする必要はないから。

「ビー？」

「ピュイ？」

ビーは瞼を腫らした目で、嬉しそうに笑っていた。

7　生臭竜は、聖なる存在

俺はすっかりと忘却の彼方に吹っ飛ばしていたが、ビーはドラゴンなのだ。

いや、ドラゴンであることは百も承知なのだが、ドラゴンという種はマデウスにおいて神聖化されていることを忘れていた。

理性のないモンスターである竜種とは違う、特別な存在。

どの種族においてもドラゴンは象徴的存在であり、信仰の対象だった。大きな町には必ずと言って良いほどドラゴンを崇める教会のような物があり、ドラゴンはこの世界を創り出した創世主のお供として君臨している。

つまりユグルの民にとってもドラゴンは神聖な存在なわけで。

会いに行けるアイドル的な。

違うか。

俺にとってビーは相棒で、良く食べ良く眠る、健康的な生臭竜。神様の化身《けしん》だとか世界を創った何某《なにがし》などとはとても思えない。

誰も一言も喋《しゃべ》ろうとせず、ビーの言葉を待ち望んでいるようだ。

ビーは人の言葉を話さないから、この場合俺が何かを話すべきなんだろうけども。

なんて言うよ。良きに計らえ？　一度は言ってみたい時代劇名言その一。その二は近《ちこ》う寄れ。もしくは良いではないか。

「ピューピュピュ、ピューィピュピュ」

「おおおお……」

ご機嫌で良きに計らえ的なことを言うビーに、ポトス爺さんたちは感動している。

コポルタ族にドラゴン信仰はないのかな。コタロとモモタは不安そうに俺の背後に隠れてしまっている。

このままじゃ話が進まないし、腹も減った。俺がビーの腹攻撃によって気絶させられてからどのくらい時間が経ったのだろう。数時間は眠っていないと思うが、寝不足も祟って良く眠っていたような気がする。頭がすっきりしているし。

俺は頭を下げたままのポトス爺さんに近づき、ポトス爺さんの肩に手を当てる。

「ポトス爺さん、ビーは俺の相棒だ。確かにドラゴンだけど、遜《へりくだ》るような相手じゃないというか、ビーはそんな態度されても困るだけだ」

「しかし神聖なるお姿を直視するなど……」

「目が潰れたりしないから。ビーは気のいい奴だから、いじめたりしなければ怒ることはないよ」

「ピュイ！　ピュ～ィィ～」

ビーは俺の頭から飛び立ち、ユグルの民たちの上空を旋回。調子はずれの歌を歌いながら高い天井を気持ちよさそうに飛んだ。

何よりビーの機嫌が直ってくれた。拗ねたビーを宥めるにはカニのフルコースをこれでもかと食わせればいいんだが、今ここでカニを出すと全員にご馳走しないとならない。ユグルの民数百人と、コポルタ族数百人。鞄の中にどれだけ在庫があるかはわからないが、全員を満足させるまでのカニはなかった気がする。いつかみんなにカニを食わせるのもアリだな。マデウスにカニ信者を増やす計画継続中。

ユグルの民は遠慮がちに、だけど嬉しそうにビーの飛ぶ様《さま》を見るようになった。ポトス爺さんが覚悟を決めたように立ち上がると、爺さんを支えるゼングム、それに続いてぽつぽつと立ち上がってくれた。

子供たちはビーを掴まえようと飛び跳ねている。ここでもビーは人気者になるだろう。神様やら神聖なるなんだかやらで崇められるより、泥だらけになって遊びまくってくれたほうがよっぽどいい。

コタロとモモタの背を軽く押すと、二人も子供たちに交じって遊び始めた。ヘスタスはコタロの頭の上で俺を見、サムズアップをしている。お前の存在忘れるところだった。

クレイにヘスタスを紹介したほうがいいのかな。憧れの勇者に会えるんだから、喜ばしいことだと思うのだけど。

もう頭を下げている人はいないなと、ぐるりと辺りを見渡す。

すると、茶色くて小太りの何かが壁沿いにあるのが見えた。

あれは馬車から落っこちた荷物？　だろうか。

何故そんなところに放置されているのかと目を凝らせば。

ゆっくりと上下する腹。あのまるい腹は。

「スッス？」

「ピュ」

「えっ？　スッスなのか？　どうしてここにスッスがいるんだ」

ビーがそうだよと呑気に答えてくれるが、オゼリフ半島にいるはずのスッスが北の大陸にいるということはつまり。

「クレイ、ブロライト。スッスだよな？　あそこのまるいの」

「そうじゃ。スッスは情報屋として雇い入れておるのじゃ」

「情報屋として？」

「この地に来るまで様々な情報を教えてくれたのじゃぞ？　ダヌシェでの値切りは見事なものじゃった。そうじゃタケル、モモウラの種が腐っていた場合、何かに使えるのか？」

知るかよ。

調査《スキャン》先生に聞けばわかるかもしれないが、それは俺が今知りたいことではない。

相変わらずのブロライトはさておき、クレイに更なる事情を問おうと期待を込めて視線を移せば。

「スッスはお前に恩を返したいのだと、共に行動をし我らを助けてくれたのだ。タケル、俺は知らなかったぞ。ムルニュッチュの内臓は干したほうが美味いのだと」

いや知らねぇよ。

「馬車から落ちていたのはスッスなのか？」

クレイは俺の質問に頷く。

「クローネドラゴンの奇襲があってな。馬車が激しく揺れたさい、落ちてしまったのだ。だが、それなる翼の御仁により救われたようだ。スッスは傷一つ負っておらぬ」

「それは良かった。まるい何かが落ちてきたからびっくりしたんだ」

どこかに掴まっていなかった瞬間、振り落とされてしまったのだろう。スッスには気の毒なことをしてしまった。パラシュートなしスカイダイビングなんて、俺だってやりたくない。後で馬車に新たな機能を付けるべきかな。御者台には命綱を付けるとか。スッスが目覚めたらメンタルを気遣ってやろう。

それよりクローネドラゴンってなんだろう。

奇襲ということは、襲われたってことか。つまり空飛ぶモンスター。

「ドラゴン……飛竜の襲撃があったのか?」

「ああ」

飛竜は竜騎士の相棒だが、野良の飛竜はとても危険だと聞く。全員無傷なようだから良かったけど、馬車が壊されてはいないだろうか。プニさんの様子を見るに、馬車も無事なようだが後で確認しないと。

クレイとブロライトが、さりげなく俺から視線を逸らす。

話している最中にそんな真似するということは、俺にバレたら気まずいような何かがあったということだ。俺の知らないところで毒きのこを採取して、それを勝手に食ったブロライトが腹痛を訴えた時も視線を逸らして誤魔化そうとしていた。

二人とも嘘をつくのがへたくそなんだから、誤魔化したところですぐにバレるぞ。

俺はすっかりコタロたちと仲良くなったビーを手招くと、優しく聞いてやる。

「なあビー、飛竜の奇襲なんて怖かっただろ？　だけどお前は勇敢に戦ったんだろうな」

「ピュイ！　ピュピューィピュピュ、ピュッピュピューィ！」

「そうかそうかー、そうなのかー、あはははーそれはすごいなーふーん、それで？」

「ピュピュー、ピュイィ、ピュッピュムピュ！」

「ほおおぉう……プニさんがねぇ」

誇らしげにぽっこりお腹を見せてドヤ顔をするビーは、聞き捨てならないことを言ってくれた。

俺は笑顔を崩さず、穏やかに、ゆっくりと右手をクレイに差し出した。

「クレイ、俺の鞄はどこかな」

クレイの顔は引きつっていた。

＋＋＋＋＋

タケルの鞄

魔素水　∞
デルブロン金貨　840

ユグドラシルの枝　1
手鏡　1
櫛《くし》　4
飲料水入りの樽《たる》　210
飲料水入りの革袋　552
油入りの瓶　39
エペペ穀《こく》が入った麻袋　128
リダズの実が入った麻袋　8
肉巻きジュペ　1
緑飛竜　8体
赤飛竜　4体
黄飛竜　9体
白飛竜　5体
クローネドラゴン　2体
スカイジュエル　6体
飛びトカゲ　23体
大鷲《おおわし》　14体

大蝙蝠《おおこうもり》　34体

…………

…………

なにこれ。

なにこれ。

えっ。

「なにこれ！！」

鞄に手を突っ込んで中身の確認をすると、とんでもない情報が。

肉巻きジュペが残り一個ってどういうことだ！　いやいや、それより水の減りが少ないな。皆ちゃんと水分補給していたんだろうな。

それよりそれより、なんだよこれ、この異常なまでのモンスターの数々！

飛竜っていろんな種類がいるのね、なんて呑気に感心してやらないぞ。

ビーが言うには飛竜はとても美味しいらしい。お前仮にもドラゴンと呼ばれる同種のような存在なのに、食うのか。食うんだろうな。いやいやいや、違う、そうじゃない。こんな数のモンスターに襲われたのか？　よくぞみんな無事で……嬉々として狩ったんだろうけど。肉が美味けりゃ狩るまでだ。それがチーム蒼黒の団のモットー。

「あの、あのなタケル。オゼリフの合同村でたんと飯を馳走したじゃろう？　あの時に食材を使ってしまってな。ダヌシェではたくさんの魚を仕入れたのじゃ！」

「……それは、まあ、補給はありがたい」

俺は鞄の中に手を突っ込んだまま、しどろもどろに説明するブロライトをジト目で見る。

ブロライトは視線をぐりぐりとあちこちに動かし、両手をわきわきとさせながら説明を続けた。

「馬車の中にも物資をたんと入れたぞ！　そ、それに、リダズの実がなくなりそうじゃと言うておったろう？　安心しろ！　プニ殿がアシュスまで赴き、リダズの実をたんと仕入れてくれたのじゃ」

「それは、とても、ありがたい」

「スッスが美味いのじゃと教えてくれた果物と、珍しき調味料と、それからそれから」

俺は別に怒ってはいない。

俺が鞄と離れてしまった場合、持ち主の権限をビーに移譲するよう設定してある。クレイとブロライトにも使えるようにして、プニさんだけは食材の持ち出しを禁止しておいた。あの神様、俺が止めなきゃ延々と食い続けるだろうからな。

鞄の機能が見事果たされたのは喜ばしいことだ。チームの皆を信用しているし、事情があるのなら俺の金をすべて使ってしまっても構わないと思っている。カニにさえ手を付けなければ。

焦るブロライトを助けるように、クレイが同じく焦って俺を宥めてくる。

「お前はどこに行くにも何かに巻き込まれるだろう。もしもの場合に備え、食材は大量に仕入れるべきだと思ったのだ。お前は刺身が好きであろう？　いくつかの巨大魚は解体済みであるから、すぐに食えるぞ」

それはありがたい。

「俺は飛竜を解体したことはないが、なあに、飛びトカゲとそう変わりはないであろう。消費した金銭はモンスターの素材を売れば賄えるからな。飛竜の肉も高値で売れるはずだ」

うんうん、クレイはちゃんとチームの金銭事情も考慮してくれたようだ。さすがリーダー。

いやだからそうじゃないんだよ。

俺は怒っていないし、不機嫌なわけでもない。

チームのお金で食材を買ったところで、俺は怒りはしない。ギャンブルに費やしたら激怒するだろうけど。

調味料の数々は嬉しい。リダズの実が特に嬉しい。

だがしかし、肉やら魚やらばかりで、野菜がないじゃないか！　求めているのは菜《な》っ葉《ぱ》だよ！

肉さえ食っていればそれでいいかもしれないが、俺はバランス良く食いたいんだ。

「大量の食材はありがたい。仕入れてくれてありがとう。だがな？　どうして野菜を仕入れなかった。肉に対して野菜の量が少なすぎる。これでも多少は仕入れてくれたんだろうが、あまりにも少ない。俺がいつも言っているよな？　肉だけじゃなく、野菜も食えって。せめて野草とか山菜とか、きのこ類も仕入れてくれないと。ああでも米は仕入れてくれたのか……麻袋百……多っ。だけどなぁ……野菜がないと雑炊がなぁ」

俺は正座する二人にこんこんと説教してやった。

クレイは飛竜と戦えて楽しかったのだろう。空中戦での経験ができたのは僥倖《ぎょうこう》。これからも馬車での移動は続くから、空飛ぶモンスターに対処できるのはありがたい。

ブロライトはそうか野菜かと気づいたようで、俺の感謝を素直に受け入れたようだ。さっきまでの狼狽《ろうばい》はどこへやら。早く洞窟内を探索したそうにそわそわしている。

「野菜、であるな。うむ。それは忘れておった。すまん」

頭を下げたクレイに俺は仕方がないと笑う。

「今から事情を説明するが、いろいろ込み入っているんだ。その、一筋縄じゃいかないというかなんというか」

今度は俺が反省をする番。正座をする二人の前で正座をした。

これからすべてを話したとして、俺の後頭部はクレイの拳に打ち勝てるだろうか。

そんな俺の心配を他所《よそ》に、ブロライトは笑った。

「何を言うておるのじゃ。タケルはなんとかしたいと思うておるのじゃろう？　それならば我らができることはなんでもするぞ？」

そんなことを当たり前のように言うから、感動してしまった。

「お前が首を突っ込みし事情だ。今更投げ出すことなどできぬのだろう」

クレイに諭され、俺は深く頷く。

「ならば好きにすると良い。我らは惜しみなく力を貸すまでだ」

「ピュイ！」

やだかっこいい……

俺の仲間たちは、こんなにも頼もしくかっこいい存在だったのだろうか。

少し離れていただけなのに、俺の事情を考慮し、気遣ってくれる。話を聞かずに助けてくれるなんて、なんて優しいんだろうか。

「それじゃあまず俺がこの大陸に連れてこられた理由から話す。あれはオゼリフ半島で気絶させられてからのこと――」

俺は一から説明した。

俺がどうして、誰に拉致されたのか。拉致されたのに途中で放り出され、カラカラの乾いた大地で彷徨い、ゼングムに救われた。

ゼングムがドワーフの郷、ヴォズラオで悪魔認定された話にも触れたが、クレイはスンッとしてしまった。あの巨大恐竜立像を思い出したのだろう。ともあれ、ゼングムは気の良い青年であることを強調しておいた。

ハヴェルマとゾルダヌは、元はユグルの民と呼ばれた一族だったこと。

魔素が異常に薄いこの地で、二つに分かれた種族は必死に生きていること。

ゾルダヌの魔力吸引、ハヴェルマの追放、ゼングムとルキウス殿下。王城で強制労働させられていたコポルタ族。

コポルタ族の話をすると、黙って聞いていたブロライトがどんどん不機嫌になっていった。口をひん曲げて、今にも叫び出しそうなのを必死に抑えている。

クレイは目を瞑ったままだが、思うところがあるのだろう。時々鼻息荒く苛立ちを見せていた。

魔王の暴挙については過剰なまでに言ってやった。俺の魔力を奪おうとした理由が一族の存続のためだという一方で、ハヴェルマたちを追放した。つまり、魔王自身が生き残りたかったに過ぎないのだ。

そうして、ゾルダヌたちは身体に魔石を埋め込んでしまった。

足りない魔素を補うためとはいっても、二度と外すことのできない禁忌の行い。

そこまで話をして、二人の反応を待った。

ビーは途中で飽きてしまったのか、コタロとモモタを含めた子供たちと共に岩を引っ繰り返している。まさか虫を探しているんじゃなかろうな。

「そんなわけで、俺が連れ去られたのは不可抗力でしてね。不意打ちには弱いというか、あの場合どうやって抵抗すればいいかわからなかったし、そもそも俺は眠らされてしまったわけで」

クレイの拳から逃れられる距離を取り、必死の言い訳。

そもそも俺を狙ったのが間違いなんだよと。

二人の返答を静かに待った。

「――ユグルの民か。俺はさほど詳しくはないが、北の大陸には魔族がいるとだけ」

重苦しそうに口を開いたのはクレイ。腕を組み、難しそうに顔をしかめている。

「タケル、そもそも魔素が薄くなりし理由とはなんなのだ。お前が予想する神の仕業《しわざ》だとして、どのような神なのだ」

「たぶん、ユグルの民が崇めている炎の神様ってやつだと思う。この洞窟の裏手に見えただろう？でっかい活火山。あそこにいるらしい」

「ふむ。確かめはしていないのであろう？」

「そこまでは、まだ。ゾルダヌの王城から抜け出したのが昨日のことだからさ」

そうだよ。コポルタ族を見つけてからまだ一日しか経過していないのだ。

それなのにコポルタ族たちのあの馴染みよう。ハヴェルマの子供たちとかけっこしたり、泉の水をかけ合ったり、コポルタたちが掘った穴に石を埋めていたり。

大人たちはハヴェルマの民と和気あいあいと談話している。コポルタ族が、ゾルダヌの騎士の兜にもぐって遊んでいたり、騎士たちに高い高いされていたりと、まるで緩衝材となってハヴェルマとゾルダヌの隔《へだ》たりをなくしているようだった。

こうやって真剣に話をしている俺たち三人の周りにも、子供たちがいる。ただし俺たちの邪魔をしないよう言われているのか、石を重ねて賽《さい》の河原《かわら》みたいなことをして遊んでいる。クレイの尻尾の上で。

「タケル、神のことならばプニ殿に聞いてみるのが良いのではないか？」

「それな。やっぱりそれが一番手っ取り早いよな」

ブロライトの言う通りだと頷き、泉の側で休んでいるプニさんを見る。

プニさんはまだ馬の姿のまま。やはり魔素が少ないこの地では、活動するのがしんどいのだろうか。

食うことが大好きなプニさんだ。プニさんの心ゆくまで美味しい供物を差し出せば、どんな問いにも答えてくれるだろう。ただし、聞かなきゃ黙ったままだからそこんところを注意せねば。

鞄が戻ってきたのなら、俺の魔法も遠慮なく使える。

なんせこの鞄の中には魔素水がたくさん入っているんだからな。それにミスリル魔鉱石もまだまだある。ハヴェルマたちの魔力を補うにはじゅうぶん。

俺の腹は朝食を入れていないから、何か食わせろとわめいている。

翼竜を食うのは解体しないといけないからそれは後にして。

まずは何よりも先にしなくてはならないことがある。

洞窟内の、掃除だ。

8　ボルさんの、出汁汁《だしじる》パワーはすごいのだ

鞄の中から取り出したのは、鍋いっぱいの魔素水。

それから特大のミスリル魔鉱石。ぶっちゃけ、二メートル近くあるどでかい塊のこいつを、どう利用するべきか考えていたところだった。

せっかくビーの親御さんであるボルさんからいただいた品だから、鞄の肥《こ》やしにしないで有効活用できればなと思っていたのだ。

「タケル、何をするのだ？　その……恐ろしく強い魔力を持った水と魔石は、一体なんだ？」

おろおろと困惑するゼングムを他所に、俺は洞窟内に皆を集めてもらった。

ハヴェルマもゾルダヌも関係なく、もちろんコポルタ族も一緒に。

ずっとずっと思っていたことなんだが、黙っていた。この状況で何を贅沢なことを言うんだと、ヘスタスに殴られそうだから。そのヘスタスも今はコタロの頭に潜《ひそ》んだまま。出てきてクレイに紹介してやりたいのに、何を隠れているんだか。

鞄の中からユグドラシルの枝を取り出し、その感触を確かめる。

魔法をそいそいっと教えてもらって、この枝がどれだけの魔力を秘めているのかがわかるように

なった。

ただの小さな枝に見えるこの枝は、魔力を込めれば杖に化ける魔道具《マジックアイテム》。ぶっちゃけ、なんという魔道具《マジックアイテム》なのかはわからない。便利だから使っています。

「ユグドラシル覚醒」

俺の手のひらの上で一気に巨大化した杖にゼングムは怯《ひる》み、後ずさる。

間髪容れずに魔素水を一口飲み込むと、腹の中で魔力を練る。

洞窟すべてに行き渡るように。

隅々《すみずみ》まで、漏らすことなく、すべてを。

惜しみなく。遠慮なく。

「清潔《クリーン》、展開っ！」

杖を中心に暴風が巻き起こる。魔素が薄いこの大地でも、魔素水はその力を発揮してくれた。

活火山のせいで常に曇天の日々。洞窟の泉の上は一部開けているとはいえ、太陽の光が入ることはない。太陽の光はマデウスでも殺菌作用が認められている。動植物が健《すこ》やかに育つためには太陽の光が必要。

食事で栄養を補えても、太陽の光がないといけない。

それは、洞窟内に立ち込めるこの臭《にお》い。

風呂に入れない体臭と、換気できないがゆえの湿気《しけ》た臭《にお》い。まるで梅雨の時期に部屋干しをしたタオルの嫌な臭《にお》いが、ずっと漂っているのだ。

助けてくれた人様相手にちょっと臭《くさ》いんですけど、なんて無礼なことはいくら俺でも言えるわけがない。クレイの鼻毛くらいだ、指摘できるのは。

「うおおおっ？？　な、なんだこの魔力の風は！　タケル！　何をしおったんだ！」

「きゃあああーーーっ！　タケル！　アンタまた魔法を暴走させたの？」

失敬だな二人とも。

ポトス爺さん、自分の着ている服を見てくれよ。ごぼうサラダの食べこぼし、消えないと嘆いていたじゃないか。パキラは髪の毛がベタついて気持ち悪かったんだろう？　サラッサラにしてやるよ。

俺の想像以上に清潔《クリーン》の魔法は行き届き、暴風が吹き荒れながらも辺りをすべて美しくしていく。

清潔《クリーン》の魔法はただ綺麗にするだけじゃない。空間に除菌効果をもたらし、毒素を奪う。と言っても猛毒の花からすべての毒を消すといった効果はない。毒は残っているにしろ、即死するような毒は消し、腹痛を起こすような毒の成分だけが残る程度。

空気中を漂っている有害なウイルスは消してしまう。子供や年寄りが風邪をひいたら大変だ。

皮脂も、頭皮の汚れも、健康でいるために不必要な物はすべて消えてしまえ。

途中で魔素水をおかわりし、ミスリル魔鉱石を泉の水に落とす。

水が苦くなるが魔力を補うためには我慢してくれ。ミスリル魔鉱石から漏れ出る魔素で、泉の水は満たされるだろう。

「タケル……いつものことだから言うまいが、この度は少々やりすぎなのではないか？」

ブロライトが呆れながら自分のサラツヤになった髪をつまんで苦笑する。

「やりすぎなくらいがちょうどいいんだよ。ずっと我慢していたんだから。痛ッ！」

俺が開き直って言うと、クレイが俺の後頭部に一撃を落とした。

「だからと言うて、これはやりすぎだ。大体お前はなにゆえ行動に移す前に説明をせなんだ！」

「ここで殴るわけ？　なんでだよ！　風呂上がりのサッパリとまではいかないが、綺麗になるのは良いことだろう！　病気予防にもなるんだからな！」

「だから説明をせいと言うておろうが！」

クレイの拳をすんでで躱《かわ》し、魔力を次第に緩やかにしていく。

後で皆には石鹸《せっけん》をプレゼントしよう。洞窟内をフローラルにしてやる。

着る物すべてが綺麗になり、シミ汚れ一つない服になったところで魔力を抑えた。

うん、魔素水を飲んだぶんの魔力をすべて持っていかれたな。だがさすがに気絶するほどのことはない。魔素水つえーな。

キラキラとした細かい粒子が漂う中、暴風に耐えていた人たちはその異変に気づいた。

服の汚れが消えている。ベトベトの頭皮が痒くない。土にまみれていた子供たちが、つるぺかの肌に。

「これは……どういうことだ」

「お前、そんな白い肌をしていたのか？　日焼けしていたのかとばかり……」

「お母さん、わたしの手が綺麗！　見て見て！」

「ばあさんや、ずいぶんと若返って見えるのう」

「いやだよじいさんや、出会った頃のようじゃないですか」

さわさわとしたざわめきが、次第に大きくなっていく。

お互いの姿を見て驚き、変貌に気づき、そして喜ぶ。

コポルタ族は一度経験していたからか、それほど驚いてはいない。だが、服が綺麗になったと喜ぶハヴェルマたちを微笑ましく見守っている。いや、そうだろうそうだろうと頷いている？

わけがわからないと戸惑うゼングムだったが、見た目がずいぶんとさっぱりしていた。ひび割れてしまった頬はそのままだったが、髪の毛に艶《つや》が出ている。

「タケル、何をした」

「ちょっと皆を綺麗にしてみた」

「はあ!?　いいい、今のは魔法なのか？　あんなに強大な魔力を放って、お前はなんともないのか？」

慌てるゼングムを他所に、鞄から取り出したカップを再度鞄に突っ込み、なみなみと入れられた魔素水を取り出して見せた。

「これに取り出したるは、高濃度高純度の魔素水です」

「まそ、すい？」

「魔素の水。魔素を凝縮したら水になりました、みたいな」

「魔素を凝縮？　何を言っているんだお前は」

ゼングムは俺が手にしている魔素水入りのカップを睨み、訝《いぶか》しむ。

そりゃ何言ってんだコイツ、って思うよな。という顔で俺を見るんじゃないクレイ。

「ボルさんの出汁汁とも言いまして。痛ッ」

「そのような説明では理解できぬだろう。ゼングムと言うたな。まずはこの水を飲んでみると良い」

俺の後頭部を容赦なく叩いたクレイは、俺の手からカップを取ってゼングムに差し出す。

ゼングムはクレイに見下ろされて怯《ひる》んだが、少し思案してから差し出されたカップを受け取った。

ハヴェルマ、というかもともとは魔力が強いユグルの民だと判明したゼングム。

それならば魔素水を飲んでも急性魔素中毒症には陥らないだろう。エルフであるブロライトは魔素水を飲んでケロッとしているし。

「苦味はないから、ぐいっと」

俺も魔素水のおかわりを飲み干してみせると、ゼングムは目を瞑って一気にカップを呷《あお》った。

固唾《かたず》を呑んで見守るルキウス殿下に心配ないよと笑う。すると、ゼングムの身体が小刻みに震え始めた。

「これは……？　これは、なんという……」

「ゼングム、如何したのだ。具合が悪くなったのか？」

「違う。そうではなくて……力が、魔力が、溢れてくる……！」

カップを落としたゼングムは、よろめきながらも皆から離れるように泉の側へ。

あれ。そんなに震えるようなものかな。俺は魔素水を飲んで身体が震えたことはないぞ。疲労回復にちょうどよい水として愛飲しているのだから。

「ゼングム、ゼングム！」

ルキウス殿下が心配のあまり叫ぶものだから、再び俺たちは注目されてしまって。

「近寄るなルキウス！　この力は……おさえ、られんっ」

お、ゼングムがルキウス殿下の名前を呼んだ。

よしよしよし、記憶がなくても覚えてなくてもお互いは惹かれ合う運命なんだね！

とか呑気なこと考えている場合じゃなさそうだ。

ゼングムの翼がむくむくと大きくなっていく。漆黒だった髪と翼が、きらめく粒子で色を変えていき。

「うわあああああーーーーーっ！」

ゼングムの絶叫と共に光が爆発。

「タケル何をしたのじゃーーー！」

ブロライトの絶叫と。

「魔素水を飲ませただけーーーーー！」

俺の絶叫と。

「ピュ～ィ～～！」

なんだか楽しいぞと叫ぶビー。

これは不可抗力だ。魔素水を飲めとゼングムに促したのはクレイだ。俺のせいではあるけども。

体内魔力量の大小なんて気にしていなかった。魔素水は疲労回復の水だから、お疲れなゼングムが飲めば元気になるんじゃなかろうかと。

それが、あの光に包まれてバージョンアップしているのは誰だ。

真っ黒だった髪は神々《こうごう》しい金髪へと変わり、翼はより黒々とした漆黒へ。大きく勇ましく、太く立派な角がにょきにょきと。

「タケル！　回復術を使うたのか！」

「いや使ってないだろ見てただろ！　魔素水を飲ませただけでメタモルフォーゼ！」

「何を言うておるのだ！」

クレイだって見ればわかるだろう、ゼングムが変身しているのだから。

ひび割れていた頬が元に戻り、不健康そうだった目の下のクマが消え去り、溢れんばかりの生気がゼングムに宿る。

ハヴェルマというかユグルの民は、魔素水を飲むと魔女《まじょ》っ娘《こ》に、いや王子様に変身するのだろうか。そんな馬鹿な。

「はぁっ……はぁっ、ううっ……」

苦しそうに呻《うめ》くゼングムだったが、己の両手を眺めてその変化に気づく。

手の甲にできていた肌のひび割れが消え、欠けていた爪が綺麗に整っている。

背の翼は大きく開くと、高い天井にまで届いてしまいそうだ。

光に包まれながらゆるりと立ち上がったゼングムは、ゼングムなのかわからないほどの変貌を遂げてしまった。

「ううう っ……」

「ゼングム！　ゼングム！」

頭を抱えて辛そうに呻くゼングムに、慌てて駆け寄るルキウス殿下。

ゼングムの身体を支え、その場にゆっくりとゼングムを座らせる。

やらかした俺が言うのもなんだが、ゼングムのその姿は本来の「ユグルの民」である、ゼングムなのではないだろうか。

キラキラしい金髪に、雄々《おお》しい角。翼はでっかく力強そうで、まさしく魔族の姿ここにあり、という風格だ。

「ゼングム、息を吸ってくれ。そうだ、吐いて……」

「ルキウス、ルキウス……」

「私はここにいる」

「少しだけ……思い出した。陽《ひ》だまりの薔薇姫《ばらひめ》」

「その名前は……っ！」

ルキウス殿下に抱きしめられたままのゼングムは、弱々しいながらもしっかりとルキウス殿下に手を伸ばして。

その頬に触れ、とろけるような笑顔を見せやがる。

「あの王城の庭で……貴方は他のどのような美しい花よりも輝いて見えた」

「嗚呼《ああ》……思い出してくれたのか」

「いいや、すべてではない。だが、俺の記憶に焼き付いていたのは、貴方の姿だけ」

「ゼングムッ……！」

うーんと。

恋人同士のイチャコラをなんで見せられてんのかな。

王子と姫の美しき姿にウットリしている女性陣と、号泣しながら騎士ラトロに慰められる侍女アルテ。あらやだあそこもデキてんの⁉

「痛ッ！　なにすんだよクレイ」

後頭部の衝撃を耐えながら、背後のクレイを睨みつける。

「よからぬことを考えていたのであろう」

何故バレた。

「ゼングムは魔王に魔力を記憶ごと吸い取られたって言ったろ？　それが、魔素水の力で魔力が満たされて……記憶が戻りつつあるみたいな」

「はあ？　なんだそれは」

「ともかく、あの姿がゼングムの本来の姿なんだと思うたぶん！」

ルキウス殿下がゼングムの姿に驚きつつも受け入れているということは、きっとそうなのだろう。

ユグルの民は魔力を吸われると髪の色まで変わるのか。難儀だな。

「うべっ！　うぶぶぶっ！　なんっ、なんなんすか！　うへぇっ！」

ボルさんに魔素水のお礼を言いに行かないとな、なんて考えていると、聞こえてきたのは聞き覚えのある声。

「まるいの起きた！」

「まるいの起きたよー！」

寝たままのスッスの上に、コポルタとハヴェルマの子供が折り重なって遊んでいる。

いやそれ窒息《ちっそく》するぞ。

スッスの目が覚めたな。もふもふの尻尾に呻いているが、四肢のばたつきようを見ればどこも傷を負っていないようだ。良かった。

ゼングムの驚きの変貌で張りつめていた空気が、スッスの目覚めによって少しだけ緩んだ気がする。

今のうちに、内緒でゼングムを改めて調査《スキャン》させてもらった。

魔素水のおかげで魔力は満タン。集中をして、調査《スキャン》先生にお伺いする。

【フィカス・ゼングム・エルディバイド　百七十六歳】
〔種族〕パゴニ・サマク・ユグル
〔職業〕飛空戦士
〔所属〕ハヴェルマ
〔加護〕古代竜の恩恵　魔導王の盟友
〔技能《スキル》〕天空を駆ける者　黒き翼の覇者
〔異能《ギフト》〕気配察知　体力向上
〔状態〕後天性魔素欠乏症
魔素水により魔力を補ってはいるが、常に枯渇状態。
ミスリル魔鉱石を持ち歩くことをお勧めします。ちっちゃいやつね。

おお？

おおおお？

以前の調査《スキャン》結果と違うぞ。俺がより知りたい情報が出てきた。

調査《スキャン》先生お久しぶりっす。お疲れ様っす。飛空戦士って恰好いいっすね。

さっきスッスを助けてくれた時のゼングムの空飛ぶスピード。尋常じゃない速さだなと思っていたら、やはり異能《ギフト》持ちか。技能《スキル》は誰にでもあるものだが、異能《ギフト》は技能《スキル》よりも希少であり、より秀でた能力を発揮できる。

それから加護も持っている。加護というのはマデウスにおいて潜在能力の一部とされ、神様に贔屓《ひい》
屓《き》されている証拠でもある。

それにしても古代竜の恩恵……

この加護はクレイにも付いていたな。クレイの調査《スキャン》はだいぶ前に一度だけやったきりだから、現在の状態はわからない。だが、俺と知り合ってから間もない状態で古代竜――ボルディアスの恩恵を得ていた。

遠く離れたこの地でも、ボルさんの恩恵って付くのか。さすが古代竜。

それからこれだな。後天性魔素欠乏症っていうのは。

魔素欠乏症は、魔素が常に足りていないということだろう。後天性だから、生まれながらではない。

魔素は少なくても多くてもいけない。自分の許容以上の魔素を取り込めば、魔素中毒症に陥ってしまうからな。

そう考えると、ゼングムにいきなり魔素水を飲ませたのは危険な行為でした。今更だけど。

魔力がないのなら魔素水を飲めばいいじゃない、という考えは今後やめておこう。もし魔力を補うとするならば、まずスプーン一杯の魔素水を舐めさせることから始めるとする。

相変わらず恋人同士は二人の世界を作ったまま。あれはしばらく放っておく。腹が減ったら我に返るだろう。後でゼングムにはミスリル魔鉱石を渡してやる。ちっちゃいやつ。

俺はスッスに状況の説明をする前に、ハヴェルマの民、ルキウス殿下たちに魔力を補うための魔素水の説明をした。

スプーンに舐める程度から様子を見てもらい、余裕があるようならカップに汲んで飲んでもらう。

ただし、ルキウス殿下たちにはまだ飲まないでほしいと頼む。身体に埋め込まれた魔石がどうなるのかわからないし、魔素水を飲んだせいで魔石が砕け散りでもしたら死んでしまう。ルキウス殿下たちに埋め込まれた魔石は、心臓と直結しているのだから。

さてスッスよ。

話を聞く覚悟はあるか。

＋　＋　＋　＋　＋

「…………ちょっといいっすか」

「ごゆっくり」

両手で顔を押さえ、しばらく黙ったままのスッス。

俺の説明が悪かったかな。

クレイとブロライトに説明した時ほど懇切丁寧には話さなかったが、スッスの今置かれている状況と、これからどうするかは皆で相談しよう、ということくらいを話した。

俺の魔力が強かったから拉致られましてね、ユグルの民の内部抗争に巻き込まれまして、王城の地下で強制労働させられていたコポルタ族たちを逆に拉致してやり、今ココ。

「ふーーー……タケルの兄貴が大変な目にあったんだな、ってことはわかったっす」

おお。

両手で顔を押さえたままだが、冷静に話を聞いてもらえたようだ。

しかしスッスは半べそをかきながら顔を上げると。

「おいらが知りたかったのはそういうことじゃなくて、なんで馬車が空飛ぶんすかー！ あのふわふわの布団はなんなんっすかー！ 蒼黒の団が依頼報告の時に疲労していない理由がわかったっす！ いや言いたいのはそれじゃなくってってっすねええぇ！ 飛竜っすよ！ ひっ、りゅっ、うーー！ 飛竜がこれでもかってほど襲ってきて、栄誉の旦那とブロライトさんとビーがぼこぼこにしたのはいいんすけど、肉が食いたいからって兄貴の鞄に入れる手伝いをしたんすからねおいら！　目の前におっそろしい飛竜の顔が何回も何回も何回も何回も！　さすがに慣れたっす！　飛竜に慣れたって言うおいら自身が信じられないっす！」

「……おう」

「戦闘中の栄誉の旦那がかっっ……こいいんすよ！　なんなんすかあれ！　ブロライトさんなんかめちゃくちゃ高い空の上だってのに、ヒラッヒラ飛び回って幌の上で昼寝するんすよ！　おかしいっすよ！　怖くないんすか？　怖いと思っているおいらがおかしいんすか？　そうかもしれないとか思っているおいらがいるんすー！」

「……おおう」

「兄貴の鞄ってどうなってるんすか！　便利すぎるっす！　ベルカイム名物のじゃがばたそうゆーがほっかほかのでき立てで食べられたんすよ？　美味かったっす！　温かい肉巻きジュペと海鮮丼と豆鍋《まめなべ》美味かったっす！」

「……それはそれは」

「大体、北の大陸ってずっとずーっと閉ざされていた黒の大地って呼ばれているんすよ？　そんな秘密の大陸においら来ちゃいましたんすよ！　ギルドマスターに蒼黒の団と北の大陸に行ったんすよ、って言っても絶対に信じてもらえないっす。空飛ぶ馬車のことは絶対に秘密っすからね。おいら口は堅いんすよ？　約束は絶対に守るっすから！　守るんすけど！　火を噴く山を空から見下ろしたーーーって、言いたいっすよーーーー！」

スッスが壊れた。

いや、もしかしたらスッスのほうが常識的な価値観を持っている、一般的なマデウス市民の反応なのかもしれない。

普通、馬車は飛ばないしな。

野良飛竜は見つけたら逃げろって忠告されているよな。

レインボーシープの綿で作った布団はふかふかだね。

肉巻きジュペを遠慮なく食ったんだな。いいんだよ。残り一個だけど。

豆鍋って、なにそれ。

「はあっ、はあっ、はあっ……」

肩で息を繰り返すスッスは、隣でお座りをしているコポルタ族の子供の頭を無意識に撫でている。

この子はコマメかな？　女の子。

「お疲れ。冷たい蜜柑《みかん》の搾り汁飲む？」

「……飲むっす」

「はい」

鞄から取り出した壺《つぼ》。

この壺には蜜柑に味がよく似ているリルルの実を搾った汁が入っている。つまりみかんジュース。

麻布に蜜柑をたくさん入れ、クレイにぎゅっと潰させたら百パーセントジュースのできあがり。スッスはみかんジュースを一気に飲み干すと、無言でカップを差し出す。おかわりかな？　と思ったら隣に座っていたコマメにあげていた。紳士。

「ギルドマスターが言っていたっす。蒼黒の団には他の誰にも言えないような秘密がたくさんあるんだろうって。だけど、そこを追及したら絶対に駄目だって言われていたっす。兄貴はしつこく聞かれるのが嫌いっすよね？　エウロパが嫌われたら蒼黒の団は他のギルドに行ってしまうっす。それはエウロパの存続の危機っす」

「そんな大袈裟《おおげさ》な」

「大袈裟じゃないっす。蒼黒の団のおかげで所属冒険者が増えたんすから。素材採取家だって地味な職業って言われていたのに、兄貴のおかげで花形職業になったんすよ。これは嘘でも冗談でもないっす」

さすがギルド職員兼任冒険者。俺の性格までも把握しているようだ。

「おいら誓うっすよ。創世主様に誓うっす。おいら、蒼黒の団の秘密は絶対に守るっす。兄貴たちが困るようなことには、絶対にさせないっす」

スッスは正座をして力強く言ってくれた。

空飛ぶ馬車はエルフ族にもらったと言えばなんとでもなる。エルフ族に何かを造らせる真似なんてできないからな。王侯貴族だろうと無理。エルフ族の不思議な術で空を飛ぶんですあら便利、と言えばいい。どっかの貴族に接収《せっしゅう》されそうになったら、グランツ公に泣きつくチクる。

俺の鞄は魔道具《マジックアイテム》なんです。もらったんですよ、便利なんです、と言えばいい。嘘判定魔道具《マジックアイテム》でも、結果は真っ青と出るだろう。

あとは飛竜？

飛竜なんて巨大ナメクジとの攻防や、巨大蛾との攻防みたいなものだろう？　ランクAの冒険者が二人もいて、火を噴くちびっこドラゴンまでいるんだ。倒せない相手ではないとわかってもらえるだろう。

特に秘密にする必要はないが、いちいち説明する必要もない、といった感じかな。

だがスッスの決意は嬉しい。

スッスのこういう男らしいところを知っていたからこそ、クレイは今回の同行を許したのだろう。

「ありがとう、スッス」

頭を下げて礼を言うと、スッスは頭をかきながら笑った。

9　バケモノの洗礼

皆に目覚めたスッスの紹介をすると、ユグルの民とコポルタ族はまじまじとスッスを見た。

スッスは小人族だから、背丈はコポルタ族といい勝負。俺はベルカイムや王都で暮らしていた小人族を知っているから珍しくないが、小人族は北の大陸にいないらしい。

見た目は俺たちと同じ「人」族であるのに、背丈はとても低い。それが珍しくて仕方がないようだ。

「犬獣人のご先祖様っすか〜。それはすごいっすね。ルーカス先輩に教えてやりたいっす」

スッスはコポルタ族たちによほど気に入られたのか、ごぼうの皮を小刀で器用に削ぎ落としながらコポルタ族たちと会話し続けていた。

「ルーカス先輩っていうのは、ギルドの先輩っす。犬獣人なんすよ。見た目はコモモやコマメと似ているんすけど、おいらよりずっと背が高いんす」

「背が高いコポルタがいるの？」

「へええ〜、いいなあ、いいなあ、あたしもっとおっきくなりたい！」

「好き嫌いなくいろんな物を食うといいすよ。それから身体を動かして、たくさん働くっす！」

「はーい！」

「は〜い！」

俺よりも子供の扱いが上手なスッスは、ギルドでも重宝されていた。子持ちのギルド職員の手伝いをし、子供の面倒を見ていた。スッス自身が子供のように遊ぶ姿を見、俺はいつもブロライトを連想していた。

魔素水を飲んでもらったハヴェルマの民は、皆等しく姿を変貌させた。

ゼングムのような驚きの変身ではなかったが、それぞれの角が大きくなり、爪が鋭くなり、翼に力を取り戻した。

空を飛べるハヴェルマはゼングム一人だけではなく、何十人もいたのだ。空を飛ぶにも魔力が必要で、風魔法を己自身の翼に付与して浮かんでいるとか。

ブロライトは、飛び方を説明するハヴェルマの民の話を目を輝かせて聞いていたな。ただでさえ魔法を無詠唱で展開するのは難しいらしく、それを翼にピンポイントで付与し飛び続けながらも操るというのは至難《しなん》の業《わざ》だと。

魔族が魔法を巧みに操る一族と呼ばれているわけだ。

ヘスタスはさっきから姿を見せていない。クレイに紹介してやりたいんだが、どうして隠れたままなのだろうか。

リザードマン的な掟《おきて》でもあるのかな。なんにせよ、ヘスタスが名乗り出てくれるまで俺は黙っておこう。それで、後でクレイを驚かせてやる。

「スッス、そっちのごぼうが終わったらこっちの肉を刻んでくれるか？」

俺はビーを頭に乗せたまま、スッスと昼食の支度を手伝うことにした。

俺がビーの熱烈抱擁によって眠っていたのは四時間近く。朝食を食べそこなったうえに、目覚めたのが昼前。

四時間も眠ったままだったと知り、そりゃビーが心配でギャン泣きするわけだと納得。やっと再会できたというのに、勢い余って俺を殺したかもしれないんだから。ほんと、ビーには後で鳩尾特攻はやめろと言い聞かせないと。

「ピュイ？」

可愛いから許してしまうんだけども。

「了解っす！　兄貴兄貴、この枝は本当に食えるんすか？　皮を剥いたところで、ただの黒い枝なんすけど」

「ベルカイムに売っていただろう？　アルルテタだっけ。茶色い木の根っこ。あれよりも、もっと食感が強い」

「アテルルタっすね。あの苦い木の根っこっすか？　おいら、そんなに好きじゃないんす……」

子供には好き嫌いをするなと言ってるくせに。

アル、アテル？　ともかくベルカイムで一般的に食されている根っこは、主に煮物や焼き物で食べられている。大人の味というか、苦味が特徴だがなかなかに美味い代物だ。酒飲み連中がつまみとして好んで食う。

スッスは情報屋だが、一般的な冒険者としての経験と知識がある。

つまり、野営や野外での調理ができる。包丁の扱いも上手だし、スッスは自分専用の調理包丁も所持していた。

クレイとブロライトが言うには、馬車の中でも簡単な料理をしたそうだ。

俺の鞄の中にあった魔石を使ったらしいが、豆の煮込みスープはとても美味かったと言っていた。後で作ってもらおう。

そんな包丁上手を遊ばせておくわけにはない。

まずは大量のごぼうの下処理。

ごぼう料理の数々は炊事場の面々に任せるとして、俺は米の下処理中。下処理というか、魔法で精米をしている。鞄の中に収納されていた大量のエペペ穀、どうするよという言葉は呑み込んだ。そりゃ食うんだろうよ。

クレイとブロライトには翼竜の解体を手伝ってもらった。

騎士メチルを筆頭に、大勢が巨大な翼竜を解体する様は見事だった。

魔力を取り戻したハヴェルマたちは意気揚々と魔法を使い、魔法をうまく使えない者たちを補って——この場合ゾルダヌなのだが——あっという間に解体をしてしまった。

魔力が戻ったとはいえここはまだ魔素が薄い大地に変わりがない。魔素水を用意しておき、少しでも身体に異変を感じたら飲んでもらうことにした。

泉の水にぶち込んだミスリル魔鉱石は深い底に沈み、淡く光るようになった。調査《スキャン》してみれば純粋な魔力を含んだ水に変化していたので、この水を飲んでもある程度の魔力回復は見込めるだろう。まだ苦いけど。

ハヴェルマたちはごぼうの味付けに尽力したようで、マヨネーズのごぼうサラダの他に、甘辛いきんぴら、しょっぱい漬物、そぼろ肉との炒め物などなど、様々な料理にしてくれた。

ごぼうすげぇな。

だがしかし、どうにも彩りが宜しくない。

ごぼうが黒くて肉が茶色。不本意だが虫団子も茶色。

ここに赤とか、黄色とか、緑が欲しいな。

活火山の麓にある洞窟内で、そんな贅沢は言えないが……

「あ！　野菜！」

胸ポケットに入れたままですっかりと忘れていた存在。できれば忘れたままでいたかったが、そうも言えない、言ったら後が恐ろしい存在。

手元に鞄は戻った。魔素水もある。ミスリル魔鉱石もあって、魔力はじゅうぶん。

そろそろご機嫌伺いを兼ねて呼んでみるのもいいかもしれない。

ついでに菜っ葉の数枚、咲かせてくれるようおだててみよう。

思い立ったが吉日。炊事番に少し離れることを告げ、泉の側の広場に立つ。

「兄貴、何するんすか？」

イモの皮を剥きながらついてきたスッスは、俺の傍で腰を下ろして次のイモを剥く。器用だな。

「どうしても野菜が食べたくて」

「あああ……すんませんっす。仕入れの時に俺がもっと気をつけていれば」

「スッスは悪くないって。もともとダヌシェは海産物が多く売られているんだ。それに、買い出しはブロライトと行ったんだろう？　アイツも野菜はあまり食わないから、気づかなかったんだろう」

まったく。バランス良く食べろと言っているのに、俺の目がないところではクレイもブロライトも肉ばっかり食うんだから。

野菜だけが目的ではないぞ。リベルアリナはこの地に住まう精霊に話を聞いてくれると言っていた。魔素が薄くなってしまった事情を聞くには、早いほうがいい。

穏やかに眠ったままの小人——緑の精霊王リベルアリナを両手に持ち、地面に置いた魔石の上にかざす。

リベルアリナは眠っているのか起きているのか、俺の親指に身体ごとすり寄ってきた。こんにゃろうめ。

できれば俺の魔力は吸わないでほしいんだが、このバケモノに言って聞くようなら苦労はしないだろう。

さて、集中。

念のため魔素水で魔力を補給し、極小のミスリル魔鉱石を用意。リベルアリナの腹の上に魔鉱石を載せると、目を閉じる。

最小の魔力で呼びかけ、魔石の力を吸うよう頼む。

「もーしもーしドーリュアースリベルアーリナー」

温かな小人の身体がぴくりと反応する。

ぬるぬると魔力が抜けていく感覚と、辺りに舞い散るキラキラとした粒。

「はわわわ、はわわわ……」

スッスが驚きのあまりイモと小刀を地面に落とした。

俺の手のひらにいるのは、とても小さな子供。その子供が光に包まれ、ぷかりと宙に浮いている。

「タケル！　この気配はリベルアリナか！」

洞窟の外で解体を手伝っていたブロライトが、喜びながら走ってきた。血まみれなんですけど。

何をどうしたら頭から血をかぶれるんだ。

「タケル！　貴様、何をしでかした！」

失敬だな。

俺が何かをした前提なのかい。その通りだけども。

クレイも慌ててブロライトの後を追ってきたのか、手には臓物。置いてこいそれ。

ブロライトは俺がリベルアリナを呼ぶのを歓迎してくれる。自分が常日頃感謝を捧《ささ》げている神様に会えるのだから、嬉しいのだろう。

クレイはおいそれと神を呼ぶなと言う。すぐそこに、人に化けて我先にごぼうサラダを食っている神様がいるんですけどね。プニさんはミスリル魔鉱石を身に着けることで、やっと人型が取れるようになった。と、思ったら常に何かを食っている。食わないと人型が保てないとか言っていたが、本当だろうか。

「ンンンン……あっふぅん」

悩ましい寝言なんて聞きたくねぇんだけど。

リベルアリナは光を纏いながらゆっくりと目を開け、身体を伸ばして欠伸をした。

ミスリル魔鉱石を両手両足で抱きしめ、うっとりとしている。

ブロライトは即座に膝をつき、頭を下げた。緑の精霊王に対する、エルフの最敬礼。

その血まみれの姿を精霊王に見せるわけにはいかない。クレイとブロライトには清潔《クリーン》の魔法をし、血しぶきや汚れなどを消してやった。

「タケル、なにゆえリベルアリナを呼んだのだ。恐れ多くも緑の精霊王であらせられるのだぞ？　それをお前の都合で呼ぶなどと」

「聞きたいことがあるのと、お願いしたいことがあるのと、まあ、ご機嫌伺い」

俺がたまたまリベルアリナの召喚石を持ったまま拉致られ、リベルアリナには地の精霊に魔素が枯渇した理由を聞いてもらえるよう頼んだことを告げた。

「ご機嫌伺い……」

「クレイもリベルアリナの性格をわかっているだろう？　あの魔人、放置すると後が怖いぞ？　呼んだ時にクネクネうっふん纏わりつかれるんだからな」

クレイも身に覚えがあるのか、顔をしかめた。

リベルアリナは精霊体で、普段は人に見えない。リベルアリナの意思で姿を見せられるのだが、今はうまくコントロールできないのだろう。豊富な魔力があるのに、幼児の姿のままだ。

「あぁぁ……魔力が足りないわぁ。タケルちゃんはどこにいるのぉ？　アタシ、こわぁい」

うわぁい。

クネクネウネウネする幼児に近づきたくない。

魔力が足りないわけがないだろう。お前はミスリル魔鉱石を抱いているんだぞ？　その魔力を吸って満足できないのなら、召喚石に戻っていただこう。

「タケルちゃぁん、もっとアタシに魔力ぷ、べっ！」

「プニさん!?」

悶《もだ》える魔人を平手で吹っ飛ばしたのは、プニさん。正直スッとしたことは黙っておく。

「脆弱なる者が何をくだらぬことを。さっさと目を覚ましなさい」

リベルアリナはプニさんの平手で泉にぽちゃり。

「リベルアリナ！」

心配しているのはブロライトだけ。

だってあの魔人、あれしきのことでどうにかなるような存在じゃないだろう。

「ブロライト、あのような矮小なる者、放っておけば良いのです」

「じゃ、じゃがプニ殿、リベルアリナは緑の精霊王。緑なきこの地では、存在するのも難しいのではなかろうか」

「腐っても精霊の王ですよ？　そう易々と消滅するわけがありません。口惜しいことに、しつこく存在し続けることでしょう。この地は乾いてはおりますが、緑が死滅したわけではないのです。あの小物が姿を成すにはじゅうぶんな魔力があります」

ミスリル魔鉱石を入れた泉に落っこちただけだからな。

「それよりもタケル。早くゾスーイを作りなさい。鍋にいっぱい作るのですよ。そこなるまるい者の作りし供物も良いのですが、量が足りません」

「あっ、はい」

プニさんが珍しく饒舌だ。よほどストレスが溜まっていたのだろうか。

だけどずっと馬車を引っ張れたんだから、機嫌はいいはず。

魔素が薄いせいで呼吸がしづらいとか、神様にとっては何か具合が良くないことになってるのだろうか。

「雑炊と、海鮮丼は食う？　ワサビ醤油で」

「カニは」

「それは駄目」

「ですがカニが」

「駄目」

「カニ……」

「それ以外だったら好きな物を作るよ。鞄に入っている材料のみだけど」

カニ禁止を言い渡されたプニさんは、目に見えてしょげた。

おいおい、ビーとクレイもしょげているんじゃないよ。グラン・リオ大陸に戻ったら、皆でカニ鍋しようぜ。

「ちょっとぉ！　何すんのよ馬神！」

泉からざばっと浮かび上がったリベルアリナは、怒り心頭。頬を膨らませて両手をジタバタ。小さな幼児の姿のままなのは、省エネモードなのだろう。

「さっさと起きないのがいけないのです。タケルの魔力を吸うために眠ったふりなどと、くだらない真似をして」

「うるさいわね！　タケルちゃんの魔力がいっちばん心地いいんだから仕方ないでしょ！　アタシはアンタみたいなガサツな馬と違って繊細なの！」

このやり取りも久しぶりだな。

以前にリベルアリナを呼んだのは、いつのことだっけ。トルミ村の改造以来かな？

俺は鞄の中からガラス瓶に入ったたくさんの大粒の飴ちゃんを取り出すと、それをプニさんに献上。プニさんはその場で正座をして黙って食べ始めた。

一連の流れを呆然と見物していたスッスには、後で説明をする。

それより今はリベルアリナだ。

「ごめんな、リベルアリナ。プニさんは体調が悪くてイライラしているんだ」

「タアッケ・ル・ちゃぁぁ〜〜〜ん！」

「えいっ」

「きゃぷっ」

顔面に飛び込んできたリベルアリナをすんでのところで鷲掴み。

あのまま甘んじて受け入れたら、嫉妬に狂うちびっこ竜がいるのだ。

「ピュピュピュピュ……」

そのちびっこ竜は俺の頭の上で笑いをこらえている。

「リベルアリナ、起きてくれてありがとう。身体の調子はどうかな」

握りしめたまま聞くことではないが、リベルアリナは俺の指の感触を楽しんでいるようで。

「あっはん……本当はとっても辛いノ。目の前がクラックラしちゃう。だけどタケルちゃんがアタシを呼んでくれたんだもの。答えないとオンナがすたるワ」

「ソウデスネ」

「このまま抱きしめてちょうだい！　アナタの熱でアタシを溶かして！」

うぜえ。

このままぷちっと逝《い》かせてやろうか。

「親愛なる尊き緑の精霊王、御身のご降臨をお喜び申し上げます！　じゃ」

俺が笑顔で黒いことを考えているのを察したのか、ブロライトが膝をついたまま挨拶をしてくれた。

「あらっ、あらあらあら～～っ？　ブロライトちゃんじゃないの！　あらやだ、アタシの姿が見えるの？」

「は！」

「それじゃあ、アタシまだまだ魔力が足りないみたい。だけどこの石のおかげでなんとか姿を留められているようね。前よりちょっとラク」

そう言って俺の手からするりと抜け出したリベルアリナは、ふわふわ飛んでブロライトの前へ。

「アナタも無理をしちゃダメよ？　エルフは緑を愛する森の民。緑のないここでは息をするのも苦しいでショ？」

えっ。

そうなの？

「わたしはタケルの魔素水のおかげで大丈夫じゃ」

「そうね。でも無理しちゃだぁメ。エルフはアタシの可愛い子。少しお休みなさいな」

リベルアリナがそう言ってブロライトの額に口づけを落とすと、ブロライトは目を瞑ってしまった。

「クレイストンちゃん、ブロライトちゃんをどこかに眠らせてちょうだい。アナタが戻ったら話をしましョ」

てきぱきと指示をするリベルアリナを眺め、初めてこの人も神様なんだなと思えた。

スッスは、目を開けたまま気絶していました。

10　緑の奇跡、大地の友人

「まずはブロライトちゃんの息苦しさをなんとかするワね！」

――と、リベルアリナは泉の中央部分へと飛んでいき、その場で両手を広げた。

キラキラの粒子が泉の水から浮かび上がると、それがリベルアリナの身体を包む。

優しい魔力の揺らぎを感じたのか、ハヴェルマたちが一人、また一人と泉の周りに集まる。

薄暗い洞窟内を柔らかな光が包み込み、どこからか花の香りがしてきた。甘い、春の花の匂い。

「アタシ、緑がない場所が許せないノ。だから、これはアタシの恩恵。この大地よ……緑に溢れる希望の大地にな－あれっ！　シャランラキュルルーン★」

殴りたい。

五発くらい。

途中まで精霊っぽい神秘的な光景に見惚れていたというのに、なんだその急激な魔女っ娘は。

リベルアリナはクネクネと尻を蠢《うごめ》かせ、指をパチンと鳴らした。

すると。

「わああっ……！」

この声はコタロかな。

砂と土と溶岩ばかりの地面が、一斉に緑の絨毯に変化する。

足元から生えてくるのはグラン・リオで見慣れた草花。久しく感じなかった青の匂い。頬をくすぐる風。泉の側にはリンゴに似た果実が生《な》る木がもりもり育っている。

「こ、これはどうしたことだ……」

洞窟の奥にある寝室から出てきたポトス爺さんが、ラータ婆さんと連れ立って地面の緑に触れている。

リベルアリナ、派手にやらかしたな。

俺のことを考えてくれたのか、岩場に生えているのは歯ごたえがいい山菜がたくさん。あっちには根菜と葉物野菜。枝豆のような物も生えている。やだ嬉しい。惚れそう。惚れないけど。

子供たちはどんな状況でも柔軟で、生い茂る草を裸足で踏んで喜んでいる。

「お。フキあるフキ！　大根と、人参と、すごいすごい、エプララの花まであるぞ！」

俺も嬉しくて叫んでしまった。

精霊の力で大盤振る舞いしてくれたリベルアリナは、光に包まれながら優しく微笑んだ。

泉の上に浮かぶその姿は、まるで神のように見えた。

＋＋＋＋＋

「てへっ」

リベルアリナの緑の恩恵は、洞窟内に留まらなかった。

やらかしちゃった、という顔でウインクをかましやがった緑のあの野郎は、もっさもさの森と化した一面を飛びながら照れている。

洞窟内部は膝丈の草で覆われ、天井からは蔦《つた》が伸び、泉の水の四分の一は大木の根っこが覆っていた。

俺が喜んでいた山菜根菜葉物野菜はすべてが巨大化。クレイの身の丈以上のフキなんて、傘にしかならないだろう。茎がごんぶと。

コポルタたちは大いに喜んで緑のジャングルを飛び跳ねているが、ハヴェルマたちはこの状況についていけず、ポカンとしたまま。

一部のハヴェルマはリベルアリナに向かって全力で祈っている。

「タケル……この光景は」

ゼングムがルキウス殿下に支えられ、よろめきながらもなんとか草をかき分け、洞窟の外へと出てきた。

リベルアリナが気合いを入れた結果、洞窟内とその周辺見渡す限り緑になってしまった。おかげでリベルアリナが抱きしめていたミスリル魔鉱石は消えてしまったが、今は再び小粒のミスリル魔鉱石を持たせている。

火山の麓は今や樹海。ただでさえ曇天で薄暗かった景色が、大木が葉を生い茂らせたことで暗黒樹海に大変身。エラエルム・ランドの葉が紫だなんて聞いてない。黒い幹と枝と相俟《あいま》って、とっても呪われていそうです。

「あらあらあら～～っ、ユグルの王子様ネッ！　ヤダ可愛い食べちゃいたい……」

「ひねり潰すぞ」

「いやんっ！　嫉妬はとろける蜜の味！」

俺の頬にすり寄るリベルアリナを捕獲し、首根っこを掴んでゼングムたちに見せてやる。

「コイツが張りきった結果、周りを植物だらけにしたんだ」

「はぁ～い」

リベルアリナは呑気に手を振っているが、俺の魔力をぬるぬると吸っている。

辺りが自然豊かになったとて、魔素の薄さは変わらないようだ。今は泉の水によって植物たちも生き延びているようだが、これも長くは続かないだろう。

外は雨がなかなか降ってくれないし。いずれ、せっかく育った呪われた木々は枯れてしまう。

ゼングムはリベルアリナを間近で見つめると、目を大きく見開く。

そんなゼングムに近づこうともがくリベルアリナを、そっと遠ざけた。

「これ……は、いや、とても清浄なる魔力を感じる。精霊か？」

「そう。緑の精霊」

精霊王であることは黙っておく。精霊と精霊王とでは、力も格も違う。

ちょっと変わった精霊だと言い張れば、ヘスタスの例もあるから信じてくれるだろう。

「お前は……鋼鉄の守護精霊といい、緑の精霊といい、精霊に愛されているのだな」

ゼングムはそう言って、苦く笑った。

ある意味で愛されていますとも。不本意だけども。

「こんな……こんな見事な美しい風景、どれくらいぶりに見たことだろう」

ルキウス殿下が目を潤ませながら足元の巨大な綿帽子に触れる。その綿帽子、本来なら手のひらサイズです。

「緑の精霊様、御身の偉大なる御力を賜り、我ら一同厚く御礼を申し上げます」

ゼングムが膝をついて頭を下げると、ルキウス殿下も同じく膝をつく。

見れば他のハヴェルマたちも皆頭を下げ、侍女アルテや騎士ラトロも頭を下げていた。

目に優しい緑の風景。

ルキウス殿下が王城の中庭で望んでいた、在りし日の風景。

これでしばらくは野菜も食べられるなと、俺はリベルアリナと笑い合った。

巨大化してしまった野菜たちは食べられるのか心配だったが、でかくなっただけで味は同じだった。

ということはつまり、質は同じで量が数百倍。しばらく緑黄色野菜に困ることはないだろう。ありがたいことだ。

昼食は緑の絨毯に座り、皆でいただきます。

植物が生い茂ったことでブロライトが覚醒。がらりと変化した洞窟内の光景に驚き、転げ回って喜んでいた。落ち着け。

プニさんはリベルアリナだけが感謝されるのが気に入らないようなので、フルコース料理で機嫌を取ることに。カニは出さないけど。

ごぼうサラダにごぼうの天ぷら、抹茶塩でほくほくのうちに召し上がれ。

巨大人参と巨大大根も天ぷらにし、スイカサイズのフキノトウは刻んで佃煮《つくだに》に。

メインディッシュは翼竜のステーキと、お腹に優しい肉団子の野菜たっぷり雑炊。雑炊は安定の大人気。この大陸にもともとエペペンテッテはあるらしい。雑草としか思われてなかったのが残念。

米の原料であるエペペンテッテがそこかしこに生えているのは、リベルアリナの気遣いだろう。よくやった。

「タケル、おかわりです。翼竜の肉を、かたまりで」

顔におべんと付けながら、プニさんが夢中で雑炊をかき込む。リクエストに応えて塊肉をステーキにしてやると、スッスが目を輝かせてヨダレの滝。

ステーキが食べたい人と聞けば、八割が挙手。さて、翼竜は一頭で足りるのかな。

巨大じゃがいもの塩素揚げも好評だった。スッスがダヌシェで仕入れてくれたモモウラの実というのが、腐ったら潰して煮てジャムになるという変わり種果物。このジャムを素揚げしたじゃがいもに付けて食べたら、甘くてしょっぱい不思議な味になった。

ハヴェルマのお年寄りたちは久々の野菜を、涙を流しながら食べ、何度も何度もリベルアリナに感謝をしていた。

「お前を叱り飛ばす機会を失ったな」

つまらなそうに肉を食いちぎるクレイは、喜びながら食事を楽しむ面々を眺めた。

「叱り飛ばすなよ。リベルアリナが張りきってくれたのは、俺のせいじゃないだろう」

「阿呆なことを申すな。お前がリベルアリナに好かれているからこそ、精霊王はお前の期待に応えてくれたのだ」

そうかな。

それにしてもやりすぎだとは思うけど。

「後でデルブロン金貨でも供えればいいかな。それともリピに押しつけられた宝石？　なんだか肩が凝りそうなじゃらじゃらした首飾りもあるぞ」

「どちらにしろ、リベルアリナの要望をなるべく叶えてやることだ」

「……魔力を吸わせろだとか、ちゅっちゅさせろだとか、アハンいやだ愛情込めてすり潰してぇ、とか言われたらどうするよ」

「………………」

答えないのかい。

だけど、俺だってわかっている。精霊王は普通こんな真似してくれない。

エルフ族の要望だって易々と叶えることはないのだ。

いくら俺の魔力が気に入っているからって、過酷な環境で他種族のために力を振るったりしない。

気まぐれでもなんでも、感謝だな。

精霊王よ、すり潰されないだけありがたいと思ってくれ。

「ピュピュピュ、ピュイ」

「うん？　そうだな。やっぱり皆で食う飯は美味いな」

「ピューイ！」

ビーは俺の膝の上で器用にスープを飲んでいる。

基本的に賑やかなことが大好きなビーだ。以前に大勢で飯を食ったのは、オゼリフ半島の合同村で小人族とオグル族と共に食べた朝食。あの時も楽しかったな。

魔力事情と食料事情はひとまず解決した。魔王はきっと拉致されたルキウス殿下たちを追ってくるだろう。あいつは虎視眈々《こしたんたん》と野望を果たそうとするに違いない。

今は英気を養って、態勢を整えないと。


「リベルアリナ、地の精霊に話を聞いてもらえたか？」

食後の苔茶を飲みつつ、泉で背泳ぎをしているリベルアリナに声をかけた。

ユグルの民にも関係する話だろうからと、ゼングムとルキウス殿下、そしてポトス爺さんにも話を聞いてもらうことにした。

蒼黒の団からはクレイとプニさん。ブロライトには騎士たちと共に周辺の警戒と探索を頼み、スッスには夕飯の仕込みと子供たちの相手を頼んだ。二人には後で話すことにする。

ヘスタスにも同席してもらいたかったのだが、アイツまだ出てこない。コタロの襟《えり》の下に潜んでいるのは確認できたから、迷子になっているわけでもない。

どうして隠れているのかは後で問いただすとして。

「エエ、聞いてきたわヨ」

背泳ぎをしていたリベルアリナをカップに掬《すく》い取り、円になって座っていた俺たちの前にそれを置く。

リベルアリナはミスリル魔鉱石を抱きながら、話をしてくれた。いちいちクネクネしながら鬱陶《うっとう》しく話したので、そこは省略。

地の精霊は問いかけても反応がとても薄く、なんとかかろうじて存在を保っているほど弱体化していたようだ。だが大地がある限り地の精霊が消滅することはない。薄いながらも魔素の流れをなんとか各地に送り、生物が死滅しないよう調整。ちなみに大地から魔素が染み出るのは、地の精霊が魔素を送り出しているからだとか。

魔素の流れの元は各地に存在するが、どうやら大陸中央部に位置する火山の根元が大本であり、その部分の魔素濃度が一番高いと。

その火山というのはトロブセラ山のことではなく、王都近くにある小規模の火山らしい。小規模と言ってもトロブセラ山に比べれば、の話。

その火山のおかげで王都近辺は比較的魔素濃度が高かったのか。

火山の名前をゼングムに聞いたらば、名もなき山だとか。

「何山って言うの？」

北の大陸を象徴するあのトロブセラ山ではなくて、名もない山の魔素が大本なわけ？

それでは魔素山とでも呼ぼうか。その魔素山からの魔素の流れが滞っているから、大陸全土に魔素を行き渡らせるのが難しくなったみたい、とリベルアリナは言った。

「どうして魔素の流れが滞るようになったのでしょう」

ルキウス殿下が遠慮がちに問うと、リベルアリナは首をこてりと傾げ。

「蓋をしているからよ」

さも当然とばかりに答えた。

「蓋？」

「そうよタケルちゃん。この大陸の魔素は薄くなっただけで、なくなるわけではないの。地の精霊は地中深く、たくさんの魔素が溜まっているのを感じるらしいワ。それが外に出ないよう、何かが蓋をしているってワケ」

蓋ねえ。

大昔、ヘスタスが生きていた時代にも魔素の流れが止まる事態があった。その時は未曽有《みぞう》の大災害のせいで魔素が流れている場所に大岩が蓋をしていたんだっけ。

今回は何が蓋をしているんだろうか。

俺が問おうとすると、プニさんが咳払い。

「コホン。貧弱なる精霊はその理由まではわからないようですね」

まーたリベルアリナの感情を逆撫でするようなことを言う。

「あぁらぁ、ここまでの情報、精霊だから聞けるのよ？　ただ駆けるだけしか能のない馬と一緒にしないでちょうだい」

「ぶるるるっ、ただ魔力を吸うしか能のない貧相な小物と一緒にしないでください」

「何よっ！　アンタなら理由がわかるって言うの？　まったく、口ばっかりで何もしないくせして大飯食らいなんだから！」

「リウドデイルスです」

「放っておけばいつまでもいつまでも食べ続ける馬なんて、アタシよりずーっと使えないじゃない！　タケルちゃん、アタシとこの馬どっちが大切なの！」

「リウドデイルスです」

「キャハッ☆　一度は言ってみたかったの！　タケルちゃんはアタシを選ぶだろうけどもネッ！」

「リウドデイルスです」

「きゅぷっ」

ちょい待て。

まずはリベルアリナを落ち着かせるために、リベルアリナが被っているきのこ形帽子を指でぐりぐりと押し込む。

プニさんが無表情のまま同じことを繰り返し言っている。

リウド、デイルス？　って、なんだっけ。どこかで聞いたことがある。

「炎神……リウドデイルスのことでしょうか」

ポトス爺さんが信じられないとばかりに問うと、プニさんは頷く。

「大地を守護する炎神が仕事をしていないのです。寝ぼけて魔素が流れる穴でも塞いでいるのではないでしょうか」

なんてこったい。

まさか神様が魔素の流れを止めていたと言うのだろうか。

「プ、プニプニさん、それは本当？　適当なことを言っているんじゃなくて？」

慌ててプニさんに問うと、プニさんは俺に両手を差し出す。

俺は黙ってスルメを数本手渡してやった。

「パゴニ・サマクの大地の精霊は、大地を守護する炎神の眷属。その精霊の力が弱まるのは、何も魔素だけが原因ではありません。精霊を生み出す炎神――古代神に何かがあったからでしょう」

「まじか……」

「ひひん」

炎の神様は古代神。

古代神はマデウスの創生から生き続けている、格上の神様。一応、プニさんも古代馬という特別な神様ではある。つまらなそうにスルメを食っているけども。

「オーゼリフみたいな発狂した古代神だったらどうするよ……」

ぽつりと呟くと、クレイががくりと肩を落とす。

「この魔素が薄い地において、オーゼリフと戦いし時と同じ戦闘は望めぬぞ」

「ですよねー」

古代神は平和的なプニさんのような神もいるけど、古代狼のようなめちゃくちゃに強い神もいるわけだ。

炎神というのだから、炎を操るんだろうな。マグマの洪水とかやられたら、せっかくリベルアリナが造り出した呪われた樹海が燃えてしまう。

オーゼリフで極寒に耐え、今度は灼熱の暑さに耐えねばならないのか。

「ピュピュ、ピュピュー？　ピュピュイ、ププププ」

ビーが俺の鞄を叩きながら首を傾げた。

なになに？　聞けばいい？　大地を守護する者に？

「何を言っているんだビー。その大地を守護している炎神様っていうのが、どこにいるのかもわからないんだぞ」

それにユグルの民が崇めている聖なる神様だ。おいそれと話を聞きに行くわけにもいくまいが、そうせざるを得ないだろうな。

「ビー、炎の神様の居場所を調べないと」

「ピュイ！」

「うん、だから聞けばいいって誰に……」

「ピュイーッ」

喜びながら万歳をするビーに、俺はハタと気づいた。

炎神以外に同じ大地を守護する神で、古代神で、魔素の流れとかに詳しそうな神様。

プニさんじゃなくて、リベルアリナじゃなくて、オーゼリフじゃなくて。

もうひと柱、いたじゃないか。古代神。

「そうか、ビーの親御さんか」

誰かがごくりと唾を呑み込んだ。

ビーはブラックドラゴンの幼生《ようせい》、ということになっている。

だがしかしその正体は、東の大陸グラン・リオを守護する古代竜、ヴォルディアスの後継者なのだ。

クレイとブロライトはビーの正体を知っている。知っていても特別視することはない。まだまだ成長過程の子供なのだから、甘やかさないでほしいと頼んでいた。

よって、ビーの正体をすっかりと忘れていたのだろう。

ゼングムたちに詳しく話すのは後にする。本当のことを話せば、そんな恐れ多い滅相もない頼むからやめてくれと訴えてくるだろう。

古代竜ヴォルディアスに話を聞くなど、非常識どころか御伽噺《おとぎばなし》にもならない。大変無礼を通り越し、あり得ない真似になる。

だがしかし、使えるものは神様だって使いますよ、俺は。

クレイが大口をパッカリ開けて唖然としていた。顔が怖いって。

ビーが聞けばいいと言うのだから、聞いてみましょう神様に。

まずは転移門《ゲート》を展開して、トルミ村に移動してから……と考えていると、ビーが再度鞄をぺしぺしと叩いた。

どうやら鞄の中にある魔素水は、ボルさんの住処と繋がっているらしい。今も鞄と住処が繋がっているからこそ、魔素水が使えるのだ。

そういうことは、もっと早く……

いや、何も言うまい。相手はボルさんだ。俺はマデウスにおいて何よりも畏怖し、信仰するなら、ボルさんだと思っている、育児放棄の神様。

ビー曰く、鞄の中に入って魔素水の中を泳げばボルさんの住居に行けると。

まじかー。

鞄の中に……入るのか。

「ピュ」

いや大丈夫だよって。

大丈夫なんだろうけど。

大丈夫なの？

鞄を開けば漆黒の渦《うず》。慣れたとはいえ、この中に入るとなると話は別。

さっさと鞄を開いたビーは、尻尾をふりふりしながら鞄の中にダイブ。ちょっと待ってと言う間に、その姿は漆黒の渦に消えてしまった。

「ビー！　ビー！　消えた？　溶けた？　分解された？」

「タケル、早《はよ》うお前も追わんか」

簡単に言ってくれるクレイを恨みがましく睨みつけてやると、鞄にかけていた俺の手に、触れるビーの手。

「ビー、消えてなかっ……」

俺の手は強引に引っ張られ。

鞄の中へ引きずり込まれた。

11　お久しぶりです。お元気でしたか？

覚悟がないまま鞄の中に入った俺は、なかなか目を開けることができなかった。

あの光を通さない漆黒の渦の中にいるのだと思うと、怖くて。

怖がることは恥ずかしいことじゃない。挑戦せずに逃げ出すほうが恥ずかしい。クレイに殴られるだろうし。

俺の右手にはビーの手の感触。ビーが先導してくれているようなので、俺は泳ぎながらついていくだけ。

魔素水の中は冷たくもなく、温かくもなく、だけど不愉快ではない程度の温度。

全身を包む魔素が心地よくて。

うっかりと眠りそうになると、瞑っているはずの目に光を感じた。

「ビュビュビュビュビュ……」

ビーがもう少しだからと教えてくれる。だが不思議なことにちっとも息苦しくない。

泳ぎ始めてたった数十秒のはずなのに、もう何時間も経過したように感じた。

「ピューイ」

いいよ、とビーが言った。

何がいいんだ。

まだここは魔素水の中だぞ。

口を開くと大量の魔素水を飲み込んで溺《おぼ》れるだろうが。

――久しいな

結界《バリア》の魔法を使えばいいのか？　いや無詠唱で結界を張る余裕はない。目を開けるのが怖い。

――研鑽《けんさん》を積んだようだが……ふふふ、良い魔力を帯びておる

あー風呂に入りたい。トルミ村に帰りたい。温泉に浸かりたい。

――聞いておるのか

アルツェリオ王国の王都で買い占めた石鹸を鬼のように使いまくって、もっこもこのアワアワになりたい。

――この……

それから集会所の麦茶の香りがする畳に寝転がって端から端までゴロゴロと……

――我の　話を　聞けーーーーい！

「うわあああっ！」

突如鼓膜を響かせる大音声《だいおんじょう》。

思わず目を見開き叫んでしまった。

ここは魔素水、溺れてしまうと慌てると。

――ふふ　ふふふふ

目の前には巨大な竜。

鋼鉄のように光る黒い鱗と、鋭い爪。雄々しい姿のままの古代竜、ヴォルディアスがいた。

魔素水の中を。

お互いに浮かびながら。

え。

これどうなってるの？

「ピュイィ、ピュピュ」

話せるよとビーが俺の周りを楽しげに泳ぐ。

ビーが話せると言うのなら。

「お？　本当だ。話せる」

恐る恐る口を開くと、陸にいる時と同じように話せた。

俺は魔素水の中を漂っているのに。不思議。

「ピュイ、ピュピュピューイ！　ピュイィ」

——うむ　お前の見しもの　聞きしもの　すべて我に届いておる
「ピュピュッピュ」

——そうだな　古代狼の怒りを鎮めてくれたのには感謝するお。

礼を言われてしまったぞ。

「俺だけの力じゃ無理だった。クレイと、ブロライトと、ビー。小人族たちとオグル族たちの協力があってこそだ」

——うむ
「それからプニさん。古代馬のプニさんにも感謝している。プニさんのおかげで仲間たちを北の大陸まで連れてきてもらえたから」

——ふふ　あの気まぐれで気位《きぐらい》の高い古代馬が　よほどお前たちを気に入っているのだろう
「そうかな。そうだったらありがたいな」

「ピュイィ～～」

ビーは気に食わないようだが、実際問題プニさんには大いに助けてもらっている。

空を飛ぶ馬が空を飛ぶ馬車を引っ張ってくれているからこそ、俺たちは長距離移動を苦もなく快適に過ごせるのだから。

——炎神リウドデイルスについて聞きたいのであろう
「お。そうです。炎神は北の大陸を守護する神様だと聞いたんだ。その神様が魔素の流れを塞いでいるって」

——うむ　しばらく北の声を聞いていないと思うていたが……

「炎神はどこにいるのかな。どうすれば魔素の流れを正せる？」

ボルさんは難しい顔をして黙ってしまった。

何かを考え込んでいるんだろうけど、魔素水の中で泳いだままだから落ち着かない。

陸に上がって腰を据えて話せないかな。ビーは呑気に鼻歌を歌いながら平泳ぎ。平泳ぎなんてどこで覚えた。温泉か？

俺は泳ぎもしなければ沈みもせず、ただその場でゆっくりと浮かんでいるだけ。

魔素水の中はほんのり明るく、足元を見れば底なしの闇が広がっていた。なにあれこわい。

上を見ても水面が見えない。ここはボルさんの住処である地底湖のはずなんだが、あの湖はこんなに広かっただろうか。

右手に見えますのは……平泳ぎ中のビー。

左手に見えますのは……うわ、あれミスリル魔鉱石の山だ。水晶のように鋭く尖ったミスリル魔鉱石が、びっしりと生えている。ボルさんくらい大きいのもあれば、小粒なのが浮かんでいるのも見える。

これだけの魔素水の中に浸かっているというのに、苦しくもなんともない。

本来なら急性魔素中毒症に陥るものだが、ここは魔素水の中のようでいて、別次元の不思議空間なのだろうか。

古代竜との面談だ。そういう神がかり的な、俺の常識が非常識になるような、そんな空間もあるのだろう。深く考えちゃダメだ。

――うむ　わかったぞ
目を開けたボルさんは、右手の人差し指をついっと動かした。

すると周りの景色がぐらりと揺れ、瞬く間に俺とビーは別の空間に転移していた。


「ほあ!?」

「ピュイ！」

だが地面に足がつかない。ふわふわと浮かんだまま。

ビーは面白いと喜んでいるが、俺はなんとも言えない居心地の悪さにもがく。

だって俺が浮いているはるか下には、灼熱《しゃくねつ》のマグマがあるのだから。

「ちょ！　ま！　おち、お！　落ち！」

――落ち着け

合図も説明もなしに転移させおって。

ボルさんの声だけが響くこの場所は、実際に転移させられたわけではないのだろうか。

まさか幻惑術？　すげぇ！　俺の意識だけ飛ばしているの？　そんな魔法あるわけ？　どんな魔法？

——ここが炎神の住処である
そうなの？

さすが炎の神なだけある。岩がぐるりと取り囲む断崖絶壁の中は一面のマグマ。空を見上げればもくもくと上がる煙と、円状に切り取られた空。

まったく暑さを感じさせないけれど、ここは火口なのかな。

——この気配は……東のか
俺が観光客気分で辺りを見渡していると、ズドンと響く優しい声。

ボルさんとは違った、恐れを感じさせない音。

声の主はどこだと探せば、断崖絶壁の途中に開いた、大きな穴。

その穴にみっちり詰まる……白いもっふもふ。

——久しいの　幾年《いくとせ》ぶりか
白いもっふもふは微動だにしない。もっと近くで見たいと思えば、俺の身体はふわりと浮いた。

大きいな。穴自体が大きくて、その穴を隙間なく埋め尽くすもふもふ。

コタロの尻尾みたいだ。この白いのが、炎神？
炎神ってもっとこう、イフリート的な恐ろしげな悪魔っぽい姿を想像していたんだけども。
ちょっと触ってみたい。
——なにゆえ魔素の流れを止める
ボルさんの声。
——我に魔素の流れを止める力はない
炎神？　の、声。
神様に年齢も性別も関係ないらしいが、ボルさんは力強く渋い男の声。炎神は逆に柔らかく優しい妙齢の女性の声に聞こえる。
——東の　我の力を取り戻す手伝いをしてくれ
炎神が懇願する。
——北の　我は我の守護する地を離れるわけにはいかぬ
ボルさんがそれを拒否。
いやもっとさ、親身になってあげなさいよ。貴方たち同じ古代神じゃない。
——我の加護を与えしこの者が行く
ボルさんだって濃い魔素の中で死にゆく運命だったところを俺がたまたま、ちょっと待て今なんて言った。

――この者には特別な力がある　我もこの者によって力を取り戻し　後継たる子を蘇らせることができたのだ
「ピューイ」
待て待てボルさん、何をおっしゃる。
そりゃあ、北の大地の魔素をなんとかしてほしいと願っていたさ。だからボルさんから炎神に魔素を止めないでほしいと言ってくれないかなと、そう思っていたんだ。
願わくばボルさん自身が炎神を叩き起こしてくれないかなあとか、そういうことも考えていました。だって相手は神様だろう？　神様を相手にするには、神様をぶつけるしかないかなと。
――むう　束のを蘇らせるほどの力
しばらく沈黙した後、炎神は、というより白いもふもふがピクリと動いた。
白い巨大マリモにも思えてきた。触らせてくれないかな。
――それは是非　力を貸してもらいたい
穴から溢れ出そうなほど、白マリモが膨張する。みっちみちに塞いでいた穴からずるりと一部が落ちると。
――古代竜の加護を受けし者よ
それは長い、とても長い首で。
――我が名は炎神リウドデイルス

そう言って炎神は長いまつげを瞬《またた》かせ、俺の姿をはっきりと見た。

12　炎神

その神々しい姿をなんと例えればいいだろう。

白マリモなんて思ってごめんなさい。炎神は真っ白い、真珠のように輝くふわふわの毛を纏っていた。長い首と長い尻尾。まだ胴体と足は穴に入ったままだが、背には真っ白い翼が生えている。

白鳥のように美しい、大きな翼。

アレだな。

翼がなければ、白い毛の生えたブラキオサウルス。

竜に見えるということは、もしかして炎神は……古代竜？

なんだろう。威厳があり恐ろしい気配もするんだが、そんなことよりも、とても、とても綺麗だ。

――それは嬉しい言葉
やべえ。

心を読むんだっけ。

――ふふ　ふふふ　お前の心は忙しいな

「失礼しました……」

——良い　我が他種族の者と言葉を交わすのは幾千ぶりのことか

「あの、俺は、タケルっていいます。冒険者で、素材採取家をやっています」

「ピュイ！」

「こいつはビー。ボルさんの子供」

ビーはひらりと舞うと、炎神の目の前で止まって深々とお辞儀。ヨシ、ちゃんと挨拶ができたな。

——東のは　力を継ぐ者を作れたのか　もう諦めておったのだが……

炎神は酷く優しく微笑むと、ビーを愛しそうに眺めた。

そんなビーは炎神の首のもふ毛を触っている。羨ましい。

——タケルよ　古代竜の加護を受けし者よ　情けないことであるが　我はこの地より離れることができぬ

「ああ。そうやって魔素の流れを止めているのも、わざとじゃないんだろう？」

——左様　我は魔素が滞ることがないよう　大地を守護する者　しかし　悪しき力によりて我の力が奪われてしもうたえ。

古代竜である炎神の力を奪うって、誰が？　どうやって？

——わからぬ　気がついた時にはこの穴に追いやられ　身動きが取れぬようにされておった

なんですと。

「ピュ！　ピュイ、ピュピュイ！」

ビーがここを見てと訴える。

意識してビーの傍に寄ると、そこにはなんらかの強い魔力を感じる黒い何かが埋まっていた。楔《くさび》とでも言うのだろうか。それが、穴を囲うように四方に埋まっている。楔同士が連携して強烈な結界のようなものを張っているのだろう。

見たことのない魔道具《マジックアイテム》だ。魔道具《マジックアイテム》だよな？　これ。

――それが　我の力を奪い続ける
「誰がどうやってこんなものを」

――覚えておらぬ
大陸を守護する古代竜の力を奪い、封印する力を持った者が相手。

それがどんなヤツなのかは見当もつかないが、きっとろくでもない考えの下こんなことをしでかしたに違いない。

魔素の流れを阻害し、大地を乾かし、そこに住む者たちを苦しめる。

神様を思い通りにしようだなんて、なんて馬鹿なことを考えるんだ。

「ピュウイ……」

ビーが悲しそうに炎神の首を撫でる。炎神は目を瞑り、気持ちよさそうにビーにすり寄った。

――温かい心地の魔力だ　久しく感じることのない……

炎神は目を開くと、再度俺と目を合わせる。

――そうか　お前が……

何かな。

俺の心の声は届いているはずなのだが、炎神は俺をじっと見るだけ。

美しい深紅の瞳は、愁《うれ》いを帯びていた。

――古代竜の加護を受けし者よ　我が地を救うてはくれぬか
詫びるように頭を下げた炎神に、俺は慌てて叫ぶ。

「あっ、えっ、そのっ、俺に何ができるのかはわからないけど、ゼングムたちの苦しみをなんとかしたいと思っている！」

「ピュイ！」

「ルキウス殿下の悲しい顔は見たくないし、ポトス爺さんやラータ婆さんにいつまでも洞窟での暮らしはさせたくないんだ」

「ピューイピューイ」

「それからコポルタ族の安息の地を見つけてあげたい。コタロに我儘《わがまま》を言わせてやりたい。ええと、それから、それから」

俺は欲深い。

あれもこれもと望んでしまう。

だがそれは叶わぬ願いではないことを知っている。

だってなんとかするんだから。

俺が、俺たちが、なんとかする。

なんとかしたいと願い、なんとかしてきた俺たちだ。

今回は古代竜のお墨付きだぞ？　しかも、東の守護神と北の守護神。こんなに力強いことはないだろう。

「魔王を思いっきりブン殴る！」

数々のユグルの民から魔力を奪い、記憶を奪い、住む地を奪った魔王。

たとえ一族存続の最終手段だったとしても、そんな暴挙が許されるか。

俺の力を奪おうと考えたのがそもそもの間違い。俺は素直に言うことを聞くような人間じゃないぞ。足掻いて、もがいて、全力で抵抗して嫌だと叫ぶ。

「ピューイ！」

ビーがやったるぞと手を掲げると、炎神は微笑んでくれた。

優しく、温かく。

――今の我にはなんの力もないが……

そう言うと、炎神は白い翼から一枚の羽根を落とす。

羽根はふわふわと揺れ落ち、俺の手元へ。
——我の守護を与えよう
そんな無理しなくてもいいのに。
白い翼は俺の手を通り、腹の中に入っていった。
途端に感じる熱。身体の奥の奥、芯の部分が燃えるように熱く感じる。
それと同時に誰かに抱擁《ほうよう》をされているような、包み込まれている安心感。
これが炎神リウドデイルスの力。
北の大陸を守護する、古代竜の慈愛。

＋　＋　＋　＋　＋

「ピュピュ、ピュピュピュピューべろべろべろべろべろ」

…………臭っ。

昼飯を食った後で歯を磨かなかった、ビーの口。

清潔《クリーン》の魔法で綺麗にするのではなく、実際に歯ブラシで磨くことに意味があるのだ。歯ブラシといっても俺特製の、柔らかい繊維の木材の先っちょをケバケバさせた、歯茎に優しくない歯ブラシだが。人間用の歯ブラシはビーにはちっちゃすぎるんだよ。

「ビー、あれほど食後は歯を磨けと」

「ピュ！」

やべえバレた、じゃないんだよ。

「タケル、起きたのか？」

この声はクレイ。

あれ。起きたって？　俺が？　俺は寝ていないぞ。

さっきまで炎神リウドデイルスと話をしていて、俺の決意表明をして、腹の中に白い羽根が吸い込まれて。

「あえ？」

「寝ぼけるでない。お前は鞄から突然噴き出たかと思えば、地面に顔を打ちつけて気絶しおったのだぞ」

「はああ？」

なにそれ酷くない？

誰だ俺を鞄から吐き出させたのは！　もっと穏やかに戻せよ！　炎神か？　それともボルさんの仕業か？

俺の鼻、潰れてない？　割れてない？　痛くはないから、傷ついてはないだろうけども！

俺が恨めしく鞄を睨んでいると、ポカンとした顔のゼングム。そしてルキウス殿下。そしてポトス爺さん。

何揃って呆けているのだろうと俺も呆けると。

「痛ッ」

「タケル、状況を説明しろ。ゼングムらは黙ってお前の所業を見守っておったのだぞ」

後頭部に鈍痛と、クレイの至極まっとうなお言葉。そういえばそうでした。だからっていちいち殴るなよ。殴りたくなったのだろうけど。

目の前でいきなり鞄に入ったんだからな。いくら魔道具《マジックアイテム》だからって、あの漆黒の渦の中に入るだなんて自殺行為――だと思われたのだろう。

「さて、状況を説明するよ。俺の鞄は見ての通り魔道具《マジックアイテム》で、たくさんの荷物が入るアイテムボックスになっているんだ。それで、この鞄は東の大陸の……古代竜の住処と繋がっている」

ゼングムたちに鞄の中を見せて説明すると、ゼングムが険《けわ》しい顔をする。

「……冗談を言っているわけではないのだな」

「こんな時に冗談を言ったらクレイに殴られるぞ？　東の大陸の古代竜、俺はボルさんって呼んでいるんだけど、ボルさんに助けてもらって北の大陸の守護神と会ってきた」

シン、と静まる一同。

ポトス爺さんなんか目玉が零《こぼ》れ落ちるんじゃないかってくらい、目を見開いている。

ですよね。

わかる。

気持ちは、わかる。

何言ってんだコイツ、って叫びたい気持ちはよくわかる。俺がポトス爺さんの立場だったら、何をたわけたことをー！　って拳を振り上げていたかもしれない。

だがしかし、彼らは俺の言葉を信じるしかないのだ。

「ピュイ」

ビーは正真正銘のドラゴン。彼らだからわかる、特別なビーの魔力。

「炎神リウドデイルスは優しい神様だったよ。魔素の流れは止めたくて止めているんじゃない。誰かが炎神の動きを無理やり抑えているせいで、魔素が流れなくなっているんだ」

「タケル、それは真《まこと》か？」

「真だ。クレイ、炎神は封印されていた。力ごと。いや、身動きが取れないように力を奪い続ける、そんな禍々しい封印だった」

きっとクレイですら素直に頷けないのだろう。

神を封印するだなんて、そんな非常識な真似できるわけがない。考えることだけでも禁忌とされるような行いだ。

「ピュピュイ！　ピュ－ピュ、ピュピュー！」

ビーがそうだそうだ、酷いんだと怒っている。

俺が嘘やでたらめを言っているのか、その判断は各々に委《ゆだ》ねるとする。

クレイは俺の話を信じてくれている。ビーが古代竜の子供であることを知っているし、俺はこんな大切な場面で嘘をつくような真似は絶対にしない。プニさんじゃあるまいし。

そのプニさんは目を瞑ったままじっとしている。

眠っているのかと思ったが、プニさんの手のひらの中にはリベルアリナ。

俺がいない間に何が起こった。

「これ、どうしたの」

リベルアリナを指さして問うと、クレイが心底疲れた顔で息を吐き出した。

「……お前が鞄の中に入ると、リベルアリナが後を追いたがってな。それをプニ殿が阻止したと思ったら、突如眠ってしまったのだ」

なんだそれ。

急に眠るって、そんなことあるのか？

プニさんもリベルアリナも呼吸はしているようだし、まあ放っておいてもいいか。

「――タケル」

囁《ささや》くような小さな声で俺を呼んだのは、ゼングムだった。

先ほどまでの呆けた顔ではなく、何かを決意したかのような意志の強い目で俺を見た。

「お前は……いや、貴殿は……」

俺に何かを問いたくて、だが言葉にしていいのかという葛藤が見られる。

聞きたいのだろうな。根掘り葉掘りすべてを。鞄の中に入ったと思ったら飛び出てきて、神様に会いましたよと主張する俺。めっちゃ怪しい。

「俺の言うことを信じるかは、ゼングムに任せる。だけど俺は神様に関することで嘘をつかない。俺は炎神に頼まれたんだ。この大地を助けてくれって」

俺はゼングムたちの顔を一人一人眺めてから、クレイの背後に隠れていたビーに手を差し出す。

ビーはおずおずと出てくると、喜んで俺の顔面にダイブ。やめれ。

「ピュピュピュ、ピューィピュ」

嘘はつかないと叫ぶビーは、俺の顔面から頭へと移動。

ゼングムたちに信じてほしいと訴える姿は可愛いが、ゼングムはビーの訴えがなくても俺の話を信じてくれるだろう。

そういう目をしている。

神様に頼まれて嫌だと拒否するような男ではない。日頃些細なことでも炎神に感謝の言葉を口にするユグルの民。炎神は自身を救ってくれとは言われなかった。だが、俺はあの妙な封印を絶対に解くぞ。魔素の流れを快適にして、炎神のもふもふを触らせてもらうのだ。

「タケル。俺は……お前の話を信じる。考えてみればなんの要求もせず我らをここまで救ってくれたのだ。今更お前が嘘をついて何か得になるようなこともあるまい」

ほらな。

ゼングムは、こういう男だ。

「ルキウス、ポトス爺、俺はタケルの言葉を信じる。ドラゴンの幼生を相棒と言ってのけるタケルだぞ？　鋼鉄の守護精霊を持ち、緑の精霊に好かれ――そして、古代馬ホーヴヴァルプニル神までもタケルの傍におられるのだから」

お。

プニさんの正体を見抜いたな。

ゼングムの言葉にルキウス殿下とポトス爺は、なんの疑問も持たないようだ。

と、言うことは二人とも知っていた？　この大食いのんびりマイペース美女が、古代馬だということを。

ユグルの民は魔法の扱いに長《た》けた一族。プニさんが纏う独特の魔力を感じてくれたのだろう。

「この姿を取り戻すことができたのはお前のおかげだ、タケル。俺はお前に多大なる恩がある。ユグルの民は恩義には恩義で返す種族だ。俺は、お前の言葉を信じる」

恩とか別に返さなくてもいいんだけどな。

ごぼうと苔茶をもらえれば。

あと王城で使われていた枕。

「ああ。私もタケルの言葉を信じよう。この大地が昔のように色鮮やかな美しい地となるのならば、私はゾルダヌ……いいや、ユグルの王女として尽力したい」

「ははん、それを言うのならばわしもだ！　王位を退いたとはいえ、愚かな者をいつまでも玉座に居座らせるほど耄碌《もうろく》はしておらんぞ！　わしもタケルの言葉を信じる！　リウドデイルス様はわしらをお見捨てにはならなかったのだから！」

ルキウス殿下とポトス爺も力強く言ってくれた。

この三人が俺に協力をしてくれるならば、もう勝ったも同然だ。

魔素が薄れている原因がわかったのだから、あとは炎神が封じられている場所。名もなき山ってのを探査《サーチ》先生に聞けばいい。もしくは、炎神はどこかなと直接聞いてしまうのも手だ。力が弱まっている今の炎神ならば、俺の魔力にも反応を示してくれるだろう。

残る問題は、ゾルダヌたちに埋め込まれた魔石の対処。魔素が通常の流れに戻ったとして、ゾルダヌたちは魔素中毒症に陥らないだろうか。

調査《スキャン》先生は教えてくれるかな。下手に魔法をかけるのも怖い現状。

とりあえずは炎神を捜すのが先だ。

きっとあの優しい神様は、ユグルの声を聞いてくれるだろう。

それではさっそく探査《サーチ》先生の出番ですぞと、ユグドラシルの杖を構えると。

「――聞こえました」

「――お告げよ！」

突然覚醒したプニさんとリベルアリナは、興奮しながら俺に詰め寄ってきた。

とっさに逃げようとした俺はクレイに頭を掴まれ、その場でジタバタ。

「タケル、炎神リウドデイルスの声を聞きました」

「タケルちゃん！　炎神リウドデイルスがアタシに囁いたの！」

炎神の声を聞いた？　囁いた？　どっちだよ。

どちらにしろ炎神がなんらかの力でプニさんたちを眠らせ、その意識下で語りかけてくれたのだろう。神様同士のテレパシー的なアレだ。よくわからんが。

仮にも古代馬と緑の精霊王だというのに、炎神の声を聞いたのがよほど嬉しかったのだろう。

「ゾルダヌらの身体に埋められし魔石は、取り除くことができます」

「ユグルの王が代々受け継ぐ、書物の中に書いてあるんですって！　解決方法が！」

「その書物は歴代の王が身に着けし玉」

「玉よぉ！　特別な玉なんですって！　玉よ玉！」

玉を連呼するな。

立て続けに重要な情報を教えてくれたふた柱は――

「その玉です！」

「その玉なのよぉっ！」

ポトス爺の指を、揃って指し示したのだ。

13　ゼングムの葛藤、コタロの本気

乾いた風が頬を撫でる、はるか上空の雲の上。

俺たちは馬プニさんが引く馬車に乗り、探査《サーチ》先生が教えてくれた山へと向かっている。

馬車には俺とビー、クレイ、ブロライト、ゼングム、ルキウス殿下、ポトス爺さん。リベルアリナは省エネモードになり、俺のローブのポケットで休んでもらっている。

ルキウス殿下にはハヴェルマの集落に残ってもらいたかったのだが、頑なに拒否。まだ体調が万全でないゼングムが心配らしい。ゼングムもユグルの王女であるルキウス殿下が必要になるかもしれないとかなんたらかんたら。もう結婚しちゃえよお前ら。

ポトス爺さんが同行したのは、ポトス爺さんが指にはめている、王族の証《あかし》である指輪が外れなかったため。

なんとポトス爺さんの指輪はアイテムボックスになっていて、中にはユグルの歴史書や古書などが入っているらしいのだ。その中に体内に魔石を埋め込む方法が書いてある書物があるらしく、やったねと指輪を外して本を取り出そうとしたらば。

指がむくんで指輪が外れなかった。

身体の臭《にお》いは魔法で消せても、指のむくみは取ることができない。油でぬるぬるにしても外れなかった指輪。指輪が外れたら重要な情報をすぐに得られるように、ポトス爺さんにも同行してもらうことにしたのだ。

「高い！　雲より高いぞ！　ほれスッス、あの山が見えるか？　大きい山だ！」

「危ないっすよ！　あんまり身を乗り出さないでくださいっす！」

そして、コタロとスッス。

正直この二人には残ってもらいたかった。炎神が封印されている山なんて、何が出てくるかわからない。魔素の流れが不安定なせいで、モンスターが凶暴化しているかもしれないし、俺たちの知らない新たなるモンスターがいるかもしれないのだ。

だがコタロは俺と離れることを頑なに拒否した。

常に笑顔を絶やさないコタロが珍しく、俺の足にしがみついて絶対に一緒に行くのだと言うものだから、秒でほだされた。ビーに叱られたのは言うまでもない。

そんなわけで、スッスは保護者としてついてきてもらう。

もしも戦闘に入った場合、俺はクレイとブロライトの補助をしながら他の面々を守り、プニさんの応援をもらいながら立ち回らなければならないのだ。

馬車にはエルフ族と俺がともに開発した、強力な結界が張られている。馬車の中にいる限り、そうそう敵に襲われることはない。プニさんは馬車を汚されたくないだろうから、華麗に逃げてくれる。

　コタロの襟の下にはヘスタスも隠れていることだし。

「素晴らしい馬車だな、これは」

　大きな翼を風に靡《なび》かせ、ゼングムが気持ちよさそうに目を閉じながら言った。

「エルフ族の魔力操作技術は優れていると聞いていたが、ここまでとは」

　俺たちは馬車の幌部分に乗り、火山雲に覆われたはるか眼下の景色を眺めていた。

　ゼングムたちを馬車に乗せたさい彼らには、スッスが使っていただろう馬車内にある客室を貸した。スッスには一時的に俺の部屋で休んでもらおうとしたのだが、やたらと豪華な部屋は落ち着かないらしい。今、彼はクレイと御者台に座り、手綱操作をクレイから教わっている。

「馬車自体に軽量化の魔法と結界魔法……それから耐久魔法がかけられているのか？」

「あと浮遊魔法と、状態維持魔法と、中は空間拡張魔法と清潔魔法かな。修復魔法は付けていたっけ……」

　指を折って馬車にかけられた魔法を数えると、ブロライトの故郷であるヴィリ・オ・ライのエルフたちを思い出す。

　ホーヴァルプニル神が引く馬車なのだから、他にない唯一のすんげぇ馬車にしようぜ、ということで張りきって造ってくれたのだ。俺も手伝ったけども。調子に乗りすぎて、まさしく神馬車が誕生。やりすぎた感は否《いな》めない。

馬車にかけられている魔法がわかるとは。さすが魔族。

「ふふふ、蒼黒の団はユグルの王族よりも贅沢な移動手段を持っているのだな」

「それはまあ、そう、思う」

「長距離移動のさいは天馬に馬車を引かせるのも手だな……」

ゼングムがぶつぶつと呟く。

もしかしたらユグル族の今後について考えているのかもしれない。

魔素が通常の流れに戻ればすべてが解決、というわけではない。二つに分かれてしまったユグルの民を統合し、国を立て直し、ゾルダヌの魔石を外して、魔王をボコる。

魔力が回復したことでゼングムの記憶が少しだけ戻った。ということは、魔力を取り戻せば失った記憶は戻る可能性があるということ。

魔力を吸われてからの記憶もゼングムには残っていることを考えれば、ゼングムに魔力が多いことによる贔屓や優越、魔力が少ないことによる迫害や差別という、両者の記憶があることになる。

魔素が戻ればそういった記憶との葛藤で、ハヴェルマたちは悩むのだろう。

どちらにしろ魔王はボコる。

「良質な天馬が欲しいなら、ドワーフ族。特別な馬車が欲しいなら、エルフ族だな」

「他大陸の他種族との取引など、してもらえるだろうか」

「何言ってんだよ。ユグルには他種族にない力があるじゃないか。魔素を戻したら、魔力を利用すればいい。ユグルの民はいろんな魔法を使えるだろう？　その魔法の扱い方を指南するから馬おくれ、とかさ」

俺は外交や貿易に関しては詳しくないが、相手が求めるものを考えればいい。

ユグルの民が支配する大地は広大だ。もっと探せば未確認の魔石が発掘されるかもしれないし、それこそごぼうと苔茶は俺がアルツェリオ王国内で流行《はや》らせる。王城で管理しているモモウも気になる。あれのミルクは濃厚でとても美味しかった。

「タケル、わたしはごぼうが欲しいと思うたぞ！　我が郷でもエラエルム・ランドが育てられるか試したいのじゃ！」

突如ひらりと飛んで幌上部まで来たブロライトは、俺とゼングムの話を聞いていたらしい。ブロライトはごぼうサラダを食べて感動していたからな。味も美味けりゃ魔素も含む、森の民であるエルフ族にとっては気になる植物だ。

「エルフ族はブロライトが紹介できるだろ？　クレイはあちこちに顔が広いから、いろいろと宣伝できる。スッスもギルド職員として協力してもらおう。外交とか専門的なことを学ぶなら、グランツ公かな。俺が紹介するよ。きっと話を聞いてくれるから」

「いや、お前にそこまで迷惑をかけるつもりはない。これは我らが民の問題だ」

ゼングムの言葉にブロライトの耳がへにょりと垂れる。

俺も久々にドワーフの国に行って、エルフ族の郷に行ってと考えていたのに。

「今更何を言う」

御者台からクレイの声。

「我らが関わりしことで迷惑などと思うたことなぞない。むしろお前はもっとタケルを利用すればいい」

怒気をはらんだ言葉に、ゼングムは反論できないでいた。

クレイは手綱《たづな》を捌《さば》きながら続ける。

「迷惑なぞと思うのならば、今更だと言うのだ。今更迷惑が一つや二つ増えたところで誰が困ろう。タケルは嬉々として飛び回るだろうよ。彼奴《きゃつ》はただの善意だけで動くお人よしではないぞ？　お前の種族を利用し、お前の能力を利用しようという魂胆だ」

失礼な。

百パーセントとは言わないが、ほぼ善意だからな。ほぼ。

そりゃまあ、珍しい食材や素材があればもらいたいなとは思うけども。

「お前は種族を立て直すのだろう？　ならばもっと周りを頼れ。一人だけで何かをしようとするな。お前を支える者はたくさんおる。お前を案ずる者も」

独断で行動をした結果、魔王は暴走した。

もしかしたら魔王を唆《そそのか》した第三者がいるのかもしれないが、魔力を吸うことを実行したのは魔王本人だ。そうして、ユグルの民は分裂し、ゾルダヌは滅びようとしている。

そういった結果にならないよう、誰かを頼ることは大切。頼るというよりかは、相談だな。

相談・連絡・報告は大切ですよ。

クレイの言葉は重かった。

それでもゼングムが周りを頼らないというのならば、無理強いはしない。ごぼうはもらうが。

だが神妙な顔で考え込んでしまったゼングムは、きっと言ってくれるだろう。ルキウス殿下が俺に言ったように。

助けてほしい、と。

＋　＋　＋　＋　＋

【ダイオ嶽《だけ》　標高9140m《メートル》】

パゴニ・サマク第六位の標高を誇る活火山。

この山にて大地の精霊が誕生すると言われていますが、ただの迷信です。

探検家ドルファナラ・ダイオにより発見、登頂。ダイオ嶽と呼ばれるようになる。

地中深くに魔素が停滞中。ガルストラ第四封術において炎神リウドデイルスが囚われている。

気をつけましょう。

エベレストよりも高い山が、この大陸では第六位……

それならトロブセラ山の標高はどのくらいなんだ。調べるのも怖い。これ登ったの？　ダイオさんすごくない？

上空に浮かぶ馬車から見下ろす山。火口がぽかりと開き、もうもうと煙が上がっている。煙の間から真っ赤なマグマが見えた。

あの火口近くに炎神が封じられているのか。ガルストラ……ってなんだろ。

「間違いない。あの山だ」

御者台の後ろの窓から指し示す。

プニさんは頷くと、ゆっくりと下降を始める。今まで多少なりとも感じていた魔素を含んだ風が、火口付近に近づくと一切感じられなくなった。

「このまま火口の中に下りるのは危険だ。外部から入れそうなところはあるだろうか」

「そんな入り口あるのかね」

「ならば炎神を封じし者は、空を飛んだのか？」

クレイの指摘になるほどな、と気づく。

炎神を封じてしまうと魔素の流れが止まる。ということは、魔素を利用して空を飛ぼうとしても無理なわけで。

だったら徒歩で帰るよな。どこに帰るのかは知らないけど。

空を飛べるくらいの魔石を用意すればとも思うが、今は余計なことを考えず入り口を探そう。

プニさんは高度を変えながら火山をぐるりと一周。目を凝らして枯れた木々や大きな岩の間を探す。

人海戦術で馬車の窓という窓から顔を出し、全員で探していると。

「兄貴、あそこの岩、出っ張っているとこ、わかるっすか？」

「え？　どこどこ？」

御者台で双眼鏡のような物を使っていたスッスが指さした先。

「ピュピュ、ピュイ」

ビーがひらりと飛んでいくと、確かに岩と岩に挟まれた隙間、足場のような物があった。

プニさんはビーを追って更に下降。山に近づけばその大きさに圧倒される。溶岩が流れて固まったような跡があちこちにあって、草一つ生えていない。

富士山の頂上のような景色だな。

学生時代にノリで一度登って、八合目で高山病にかかり、九合目で号泣してもう帰りたいと嘆きつつなんとか登頂したよいおもいで。もう二度と登りたくないと思った遠き日の青春。

馬車が近づくと、小さく思えた足場は意外と広く、馬車とプニさんが降り立ってもまだ余裕があった。

ここに馬車を停車しておいて、非戦闘員は留守番かな。危険が迫ったら馬車ごと上空に逃げてもらえばいい。プニさんが本気を出せば、飛竜の追撃なんて軽く躱してくれるだろう。

ポトス爺さんには、指輪を外して収納された本を出してもらわないと。

炎神のもとへ行くのは俺とビー、クレイ、ブロライト。

危険な状況にも慣れているし、もしモンスターが出てきても即座に対処できるからだ。

——と、言ったのだが、ポトス爺さんが行きたいと言い出した。ユグルの民の神様、一族の象徴、憧れの古代神に会える好機！　らしい。

ポトス爺さんが行くなら俺も行くとゼングム。ゼングムが行くなら嫁も行くとルキウス殿下。みんなが行くならぼくも行くのだとコタロが言い出し、独りで残されるのは絶対にイヤっすとスッスが泣き。

結局、鞄の中に馬車を収納して全員で行くことになりました。

こうなるような予感はしていた。本当はポトス爺さんの指輪、すぐに外れるような気がするんだよな……

ここで採めている時間はないので、プニさんに省エネモードで小さくなってもらい、ブロライトのローブに隠れてもらう。

魔素がない場所のため、全員に小さなミスリル魔鉱石を所持させ、息苦しくなったら無理をせず報告することを約束させる。無理して具合が悪くなって誰かに運ばせる羽目になるほうが、よっぽど迷惑だからな。

「さて、入り口をもっと広くするかな」

足場から先に続く、ぽかりと開いた穴。これが火口部分へと繋がる穴かはわからないが、他に入れるような場所はなかった。

ユグドラシルの杖を取り出そうとすると、コタロが大岩の前でお座り。

「タケル、この岩が邪魔なんだな？」

「コタロやスッスなら中に入れるかもしれないが、俺たちが入るとなると……」

「大きな穴を掘ればいいのだな！　よし！」

そう言ってコタロは腕まくりをすると、両手をガッと開いて太く鋭い爪を伸ばした。

アメリカンコミックヒーローみたい、なんて感動する間もなくコタロはその爪を岩に突き立てる。

「えいっ！　えいっ！　えーーーいっ！」

まるで遊びで穴を掘るような感覚で、コタロは大岩を砕いていった。

砕かれた岩がどんどん降り注ぐが、その岩もコタロは素早い動きで蹴り飛ばし、爪で破壊し、瞬く間に入り口の穴を大きくしてしまった。

これが、コタロの本気。

コポルタ族の、穴掘り技術。

コタロの爪はアダマンタイトのように硬く、そして鋭いと言っていたが、なるほどその通りだ。

マグマが冷えて固まった岩は火成岩と言うが、火成岩は普通の岩よりも硬い。そんな火成岩をプリンのようにさくさくと砕いていくコタロ。ものすごい。

もしかしたらドワーフ族よりも採掘能力は高いのではないだろうか。スコップやツルハシのような採掘道具を使うことなく、己の爪と腕力で掘れるのだから。

「……コポルタ族というのは、凄い種族なのだな」

クレイが唖然とした顔でコタロを眺める。

俺も驚きながら頷き、ただただコタロを見守った。

14　ヘスタスの憂い、英雄の在り方

もともと北の大陸パゴニ・サマクは、緑溢れる美しい大地が広がっていた。

トロブセラ山もあんな活火山ではなく、頂が雲に隠れただけの穏やかな山だったそうな。

魔素の流れは、その土地の環境までも変化させてしまう。

ボルさんの住処がその例だ。あそこは逆に魔素が溜まりすぎて、その影響で地上の木々が白く変化してしまった。

ボルさんは炎神とは違い、封印はされていない。だからなんとか足掻いて大地を守護し続けるこ

とができた。

古代竜という神様は大地を守護している神様。

マデウスには大陸が四つあるわけで……

よし。

今は考えないでおこう。

目の前の課題を一つずつクリアして、見守って、それからトルミ村に戻って、温泉に入ってひたすらグタグタして、五日は休むことにする。

俺はマデウスに来てさえも、働きすぎていると思うんだ。

そりゃ素材採取家には決まった休みはないし、依頼を受ければ納期まで全力を出す。俺のモットーは迅速丁寧完璧に。依頼中は呑気に休んでもいられないし、朝早く夜遅い日もある。早朝の朝露に濡れた特定の野草、深夜の月明かりを浴びた花、なんて依頼もあるのだ。ついでに獰猛なモンスターに命を狙われる道中。

理不尽な物言いをする上司はいない。反りの合わない同僚との強制飲み会はない。派閥争いに巻き込まれることもないし、取引先に忖度《そんたく》することもない。

しかし、貴族相手の依頼は誠心誠意尽くさないと物理的に首が飛ぶ。アルツェリオ王国内で蒼黒の団にいちゃもんつける貴族はいないが、これから先何があるかはわからない。

とにかく炎神を解放して、落ち着いたらトルミ村に帰る。

季節は春になるところだ。レインボーシープの毛刈りの手伝いや、エペペ穀の収穫の手伝いをしたい。

「ぼーくはーっコポ〜ルタ〜すごいぞすごいぞコポルタ〜」

ご機嫌で歩くコタロは、時々行く手を塞ぐ岩を砕き、岩壁を突破し、瓦礫《がれき》を排除しながら歌っている。

コポルタ族に伝わる労働歌らしいが、それにしては朝のテレビ番組のような陽気さだな。

「ピューピュピューピュピューピュピューピュピュー」

コタロを真似て岩を砕くビーも、歌っている。下手糞だが、可愛い。

俺たち大人は情けないことだが、子供らが作る道を警戒しながら進んでいた。

ビーには時々魔素水を飲ませて魔力を回復。コタロにはスプーン一杯の魔素水で様子見。ついでに焼きおにぎりを食べさせる。

クレイを筆頭に、俺たちは背が大きい。

スッスならば苦もなく通れるだろう穴も、俺たちがしゃがんでようやっと通れるくらいの穴に広げなくてはならなかった。

俺が魔法で穴を掘り進めるという手もあったのだが、穴を掘る魔法を思いつかなかったのだ。岩壁を爆発させる魔法ならあるのだが、魔法を使い続けて俺がしんどくなるのは本末転倒。ブッ倒れた俺を運ぶのは一苦労だろう。

申し訳ないと思いつつも、ここは二人のちびっこに助けてもらうしかない。

先頭にコタロで、殿《しんがり》はクレイ。

コタロの手元を照らすためのランタンのような物を持ってついていった。

どのくらい掘り進めば良いのか不安になっていると、コタロの襟に隠れていたヘスタスが顔を出す。

ヘスタスはキョロキョロと辺りを見渡すと、ぴょこんと跳ねて俺の頭へと移動した。

「なんで隠れていたんだ？」

俺が声をかけてもヘスタスはすぐには返事をしなかった。

何か理由があるのだろうけど、ヘスタスはクレイを避けているようだった。

俺としては英雄ヘスタスを紹介したいんだけどな。

「……ほらさぁ、なんてぇかさぁ、俺はリザードマンの英雄だろ？　綺羅星《きらぼし》、伝説、語り継がれる勇者だ」

「ソウデスネ」

「真面目に聞けよ。俺は、本当に『英雄』として物語になった存在なんだ」

数百年も昔に没《ぼっ》した英雄。

クレイの故郷であるヘスタルート・ドイエには英雄ヘスタスの立像がある。ヘスタルートという村名すら、ヘスタスの名前をもじっているのだ。

ヘスタスの像は村の中心部の目立つところにあった。ドワーフの国にある恐竜クレイほどの大きさも威圧感もないが、村の皆から愛され、観光名所として有名になっている。

英雄ヘスタスの伝説は数多くあり、村を滅亡の危機から救ったとか、凶悪な盗賊団を一網打尽《いちもうだじん》にしたとか、空から降ってきた星を拳一つで砕いたとか。子供が寝る前に親にせがむ御伽噺にもなっている。

脚色されたものもあるだろうが、どれもリザードマンの危機を救った話ばかり。

グラン・リオ・リザードマンは皆ヘスタス・ベイルーユのことを知っている。むしろ知らないリザードマンがいたとしたら、そいつは他大陸のやつだ、と言われてしまうほど。

子供は親から物語として語られ、その子供が親になったら再び子供に話して聞かせるのだ。

「英雄として遺《のこ》る俺は、すげぇ立派なやつで、できたやつで、なんというか……俺じゃねぇんだよ」

「何言ってんだ？　英雄ヘスタスはお前だろう？」

「そうなんだけどよ、そうじゃねぇんだ。ギルディアス・クレイストンが思う英雄ヘスタスはきっと……俺じゃねぇよ」

クレイが思う英雄ヘスタス？

「ああ……わかる気がする」

「そうか？」

ヘスタスは俺の頭から肩に移動すると、俺の耳たぶを引っ張る。

「英雄ってさ、英雄の話を聞いた人によって違うというか、自分が思う理想の英雄像を作り出すというか……」

「それな！　そうなんだよ！　俺は俺だってぇのに、後世のやつらは俺じゃねぇ英雄ヘスタスを思い描くんだ。リピルガンデ・ララが俺に忠告したんだよ。ギルディアス・クレイストンは英雄ヘスタスに憧れているって。それじゃあ挨拶してやっかーって言ったら、絶対に会うなと言われた。俺は、エルディアス・リンデルートヴァウムのような迫力も、レザルリア・ドゥランテのような魅力もねぇ。英雄ヘスタスは俺のようなやつじゃねぇんだ」

そんなことない、とは言えなかった。

クレイは心底英雄ヘスタスに憧れていて、心酔していて、神様のような存在に思っている。

きっとそれは聖人君子なヘスタスなのだろう。クレイが理想とする英雄だ。

頑固で融通が利かなくて義理堅くてお堅いクレイが理想とする英雄なんて、まさしくリンデルートヴァウムやレザルリアのような人物。決して、薄い魔素を鼻くそに例えるような英雄ではないはずだ。

前世の職場での話を思い出すな。

憧れの先輩と飲み会で話してみたら、酒乱でセクハラで幻滅した、と同僚の女性が嘆いていたっけ。俺も後輩によく「カミシロさんて思っていたよりも適当なんですね」なんてよくわからないことを言われて悩んだ。適当って何が？　仕事は適当じゃないぞ。俺の生き方が適当っていうのか？　失礼だな！　と、悶々としたものだ。

だからヘスタスは隠れていたんだ。クレイに正体がわからないように。「英雄ヘスタス」の輝かしい姿を曇らせないために。

地下墳墓《カタコンベ》の墓守たるリピに忠告されたとはいえ、律儀に守るなんてな。よほどクレイのことを気に入っているに違いない。どうでもいい存在なら、平気な顔をしてホイホイ飛び出そうなものだ。

ヘスタスはきっと、クレイに幻滅されたくないんだ。

「なあヘスタス」

「……おう」

俺の耳たぶを引っ張り続けるヘスタスを摘まみ上げ、ランタンの上に乗せる。

「クレイは、お前を嫌いにならない」

「そんなの……わかんねぇだろ」

「いやあ、ただ喜ぶだけだと思うぞ？　むしろ、緊張してうまく話せないだろうな」

「まさか」

「そのまさかだぞ。だって、憧れていた英雄が鋼鉄イモムシだとしても、それはそれとして会えただけで嬉しいもんだって。実際にはこういう人物だったたって知って、なるほどなーって思うだけだよ」

「嘘つけ。俺だったら、幻滅しちまう」

そりゃ驚くかもしれない。

英雄を鋼鉄イモムシにしおってと、怒られるのはきっと俺。だが、ヘスタスのこの姿はあくまでも仮の姿。

「幻滅なんかするかよ。クレイだぞ？　お前が喋っているだけで感動して、泣くかもしれない」

俺はヘスタスの頭にぐりぐりと指を押しつけ、言い聞かせる。

「お前は英雄ヘスタスだよ。情に厚く、熱血漢で、誰かのために怒ることができる、英雄ヘスタスだ」

少なくとも俺はヘスタスを嫌いになれないし、面白いやつだと思っている。

事実、鋼鉄の守護精霊を崇めるハヴェルマたちもいるんだ。ヘスタスには、そういう他者を引きつける魅力があるんだろうな。

ヘスタスは俺の言葉を噛みしめるようにして頷くと、無言のままコタロの襟へと移動。そして隠れてしまった。

できればクレイと会ってほしい。話してほしい。

そして、新たなる英雄ヘスタス像としてクレイの中に遺ってほしいな。

＋＋＋＋＋

「ぷはー！」

「ピュイィー！」

狭い穴を掘り進めた先、やっとクレイでも屈まなくて済むほど高い天井の通路を見つけた。

通路というより洞窟のような物だったが、道は奥へ奥へと進んでいる。自然に作られた穴ではないな。

コタロとビーはすっかり仲良くなり、広い道に出て互いを褒め称えていた。可愛い。

それほど長時間ではない穴掘りに安堵し、コタロには休んでもらう。クレイに背負ってもらうと、コタロはキャッキャと喜んだ。まだ元気があるようで何より。

念のために探査《サーチ》先生に聞いてみると、この先が火口部分へと繋がっていると教えてくれた。

俺のうなじがぞわぞわとしている。

これは、何かが来る。

「ピュ！」

俺が警戒する前にビーが気づき、ほぼ同時にクレイとブロライトが警戒態勢を取る。

魔素のないこんなところにも生息しているとは。魔素がなくても生きられるよう進化したのだろうか。

「クレイ、ブロライト、前方からモンスターの反応。ゼングムたちは俺の後ろから出ないこと。スッスはなるべく気絶しないでくれ。魔素がないから結界《バリア》魔法がどのくらい持続するかはわからない。気をつけて」

「ブロライト、俺はこの狭さだと槍を振るえぬ。お前に先陣を切ってもらうぞ」

「任せるのじゃ！」

クレイが剣を構えると、ブロライトはジャンビーヤを構えて走り出した。

「おりゃあああー！」

前方から集団でやってきたのは、でかい蟻《あり》、でかい足がいっぱい付いた気持ち悪いやつ。

ミスリル魔鉱石を握りしめながら調査《スキャン》魔法を展開。

「ブロライト！　足がいっぱい付いたやつはヴェレノラゲジ！　体液は猛毒だから頭からひっかぶるの禁止！」

「まっかせるのじゃー！」

いやそう言っていつもデロデロに体液かぶるじゃないか。

「クレイ！　でかい蟻はアドワアント！　よくない病気を持っているから、そっちも体液には気をつけること！」

「応よ！」

高い天井をめいっぱいに使った、ブロライトの素早い動き。

大きな動きはできないが、的確に相手の急所を狙うクレイの戦闘能力。

俺は何度も経験したし、二人の戦闘は見慣れていた。むしろ今は魔素が少ないことで本領を発揮できていない。いつもの半分以下の力かな。

だがゼングムたちは驚愕している。

スッスは感動して泣いている。なぜに泣く。

俺は巻き込まれないよう結界《バリア》を展開しつつ、二人に状態異常耐性魔法を展開。ここで俺の魔法で解毒できないほどの毒に侵されても、解毒薬はない。

二人がバッサバッサと倒したモンスターを、いそいそと鞄の中に収納。ヴェレノラゲジの足は武器として加工が可能。アドワアントの血液は配合次第で薬になるらしい。

採取家としては新たなる素材の確保が大切なのです。

いつ何時高値で売れるかわからないからな。

「すげえすげえ、アイツすげえな！」

スッスの背後に隠れていたコタロの頭の上で、ヘスタスが叫ぶ。

クレイから隠れることを忘れたのか、ヘスタスは飛び跳ねて喜んでいた。

「ヘスタス、お前に憧れているクレイストンの本気は、あんなんじゃないぞ」

「だろうな。俺の槍をブッ壊した猛者だってのは知っていた。だけどよ、アイツは俺の想像を超えている」

それはきっと、クレイはヘスタスに憧れ、ヘスタスを目指し、鍛錬を積んできたからではないかな。

英雄になりたいわけではない。英雄ヘスタスのようなリザードマンになりたかったのだろう。

そんな英雄ヘスタスが、今のクレイを見て喜んでいる。ヘスタスの想像を超えたと言っている。

「クレイはお前自身になりたかったわけじゃないよ。お前のような、後世に語り継がれるような存在になりたかったんじゃないかな」

「俺のような？」

「ヘスタスが下品だろうと単細胞だろうと口が悪かろうと関係ない。英雄ヘスタスはどんな人物であれ、クレイにとっては英雄なんだからさ」

ゼングムたちハヴェルマが虐げられているとしたら、許さないとヘスタスは言った。

俺はそんなヘスタスを見て、こいつはやっぱり英雄なんだろうなと思った。

誰かのために怒れるやつは、誰かを助けたいと願うやつは、尊敬に値《あたい》する。

晩年のヘスタスは、地下墳墓《カタコンベ》の墓守であるリピの傍にいた。誰もが憧れるリザードマンの英雄ではあったが、ヘスタスは孤独と戦っていた。そんなヘスタスの最期を看取ったのは、やはり孤独に苛まれていたリピだった。

自分の寂しさを埋めるためだけではなく、リピに寄り添った。

誰かのために何かを成し遂げる。

俺もそういうやつでありたい。

そう思わせてくれるヘスタスは、勇者であり、英雄なんだよな。

15　汚《けが》された聖域と、封印の謎

乾いた大地とは比べ物にならない暑さ。

身体の奥底から燃やされてしまうような、熱風。

底で煮えたぎるマグマは、その熱と勢いを遺憾なく発揮していた。

「あっとぅい……」

暑さ寒さを感じさせないはずのローブを着ていても、全身から噴き出る汗を止めることができない。

「こんな、暑さ……おいら初めてっす」

「きゅーん……」

スッスは既にバテているが、もふもふの毛に覆われているコタロの顔を布で扇《あお》いでやっている。

「ピューイ」

誰もが暑さに苦しんでいる最中、ビーだけは平気で飛び回っていた。

アレか。古代竜の恩恵的なあのアレ的な特別な何かがあるのか。ずるい。

常にクールで何事も動じない顔をしているクレイも、この暑さには参っているようだ。ブロライトなんてエルフのくせに、エルフじゃないような酷い顔をしている。暑いからって舌を出すな舌を。

「さすがは炎を司る神様だ。御座場は常人では近寄れぬ」

ポトス爺さんは顔面から滝のように汗を流しながら、それでも興奮気味に先を進む。

一歩足を踏み外せば溶岩にポチャリするような道を、危なげなく歩く姿はとても勇ましい。ゼングムとルキウス殿下も暑いと愚痴らず黙々と歩いている。

ユグルの民にしかわからないような気配があるのだろうか。神様がいる場所で愚痴るだなんてとんでもない、とか思っているのかもしれない。

だが、暑いものは暑い。

このままじゃとっさに襲われた時、即座に対処できない。

俺は鞄の中からミスリル魔鉱石でできた結界石を取り出し、それぞれに手渡す。

クレイとブロライトには既に渡してあったのだが、ゼングムたちに遠慮をしていたのだろう。渋々と結界石を起動するゼングムを見て、二人もほっとしたように結界石を起動させた。

結界石を起動すると、やっと呼吸ができるような気がした。初めからこうしておけば良かったが、結界石の在庫は残り三つ。今ここで新たに造り出すことはできないので、ぎりぎりまで起動しないようにしていたのだ。

この地は魔素がない場所。いくら各々に魔素電池としてミスリル魔鉱石を持たせているとはいえ、長時間は保たないだろう。

あまり長居はできない。

バテるコタロにも結界石を装備させ、起動。だが疲労困憊《ひろうこんぱい》なのか、コタロはクレイの背でベロを出して眠ったまま。もっと落ち着いた環境で休ませてやりたい。

ちゃっちゃと炎神を見つけて、ちゃっちゃと封印を解いて。

額の汗を拭いながら考えていると――

「ピュイ！　ピュピュピューィ！」

先頭を飛ぶビーの鳴き声。

見つけた、見つけたと訴えている。

大きく湾曲《わんきょく》した道を進むと、そこには白マリモが封印された横穴があった。

もっふもふの白いマリモが、穴にみっちりと減《め》り込んでいる。炎神が見せてくれた映像というか、体験したままの光景だ。

その白マリモを外に出さないよう、横穴には黒い楔が埋め込まれ、それが結界として炎神を封じ込めている。

「炎神様！」

「なんて、なんてことを！」

「リウドデイルス様！　あんな酷い真似をするなぞ……！」

ポトス爺さんの叫びに続き、ゼングムとルキウス殿下も嘆く。

横穴のすぐ前は断崖絶壁。はるか下にはマグマの海。

俺たちがいる場所と炎神が封じられた横穴は、その崖によって大きく隔てられていた。

「ああ、お労《いたわ》しや炎神様……」

膝をついて祈るようにむせび泣くポトス爺さん。

大切にしていた神様のこんな姿、見たくはなかったのだろう。

「タケル、あの穴の四方に打ち込まれているものが封術なのか？」

クレイが指したそれは、よく見れば人の形を模していた。

俺のうなじがちりちりと、寒気を感じるほど警告している。

あれはよくないものだ。

「ユグドラシル展開、我望む、示す扉の言葉を開け――調査《スキャン》」

杖を構えて呪文の詠唱。集中に集中を重ねなければ魔法が使えない。

ミスリル魔鉱石からごっそりと抜ける魔素。また新しいのを出さなくては。


【ガルストラ第四封術】

魔力が高いユグルの民を四人捧げ、対象物の力を封じ、魔力を吸い続ける禁術。

解除するには楔とされたユグルの民を超える魔力が必要となる。

この山を調査《スキャン》した時にガルストラ第四封術なるものを知ったが、まさかそんなとんでもない術だったなんて。

「まじか」

ユグルの民を、捧げ？　それも四人も？　つまりは、人柱《ひとばしら》とかそういう……

「如何したのだタケル。あれは、なんなのだ」

クレイに問われても正直に答えていいのかわからない。

まさかユグルの民の命が犠牲になっているなんて、言えるわけが。

「第四封術……」

ルキウス殿下が驚愕の表情のまま、ぽつりと口にした。

ああそれ、それですよと言おうとしたら。

「ルキウス、なんと言った。まさかあれは……ガルストラの禁術であると言うのか？」

ゼングムが驚き、ガルストラの名を呼んだ途端。

ポトス爺さんがわなわなと震え始めた。顔を真っ白にし、今にも意識を失いそうなほどに怯えている。

「がるすとら？　とは、なんじゃ」

ここで聞いちゃいますかブロライトさん。

でも気持ちはわかる。禁術などという怖い言葉を聞いたのだから、なんだろうと思うよな。

「ピュ！　ピュピュー－ッ！　ピュイ、ピュイィィ！」

ついっと飛んで楔に近づいたビーが、突然叫び出した。

これはいけない、これは嫌だと叫んでいる。

「ビー！　あまり近づくな！　それはお前の魔力を吸い取るかもしれないぞ！」

「ピュイィ～～～ッ！」

ビーは焦って身を翻《ひるがえ》すと、俺の顔面にダイブ。ビーの生臭い身体は震えていた。

「タケル、ビーがそのように怯えるなぞと。あの封印はどのようなものなのじゃ」

異変を察知したブロライトが、ゼングムたちを気遣いながらも再度問う。

ゼングムたちにあの封印のことを説明させるのは酷《こく》だろう。きっとユグルの民にとっては絶対に禁止されている、呪われた術だ。

「あれはガルストラ第四封術という、強烈な魔法。いいや、魔法じゃないな。魔力の強いユグルの民を生贄にした禁術」

「あああ！」

俺が説明をすると、突如叫び出すルキウス殿下。

「ポトス様……サンヴェリウム様、あれは、あの犠牲となったユグルの民は！」

横穴に深々と突き刺さった楔。

ルキウス殿下は辛そうに俯くポトス爺に、涙を流しながら訴えた。

「歴代の先王様たちではありませぬか！」

な　ん　で　す　と。

犠牲になったユグルの民は、王様だった？

「北位置はメテス王。この気配はユグルの王女たる我が間違うはずもない……あの優しい魔力はメテス王のもの。そして南位置にはレデヴェイシア王。東位置にドルレイファ王、西位置には……我が叔父上であらせられる、オルタンシリア王の魔力を……ううっ……」

「ルキウス！　ルキウス！」

ルキウス殿下は過呼吸のような状態になり、胸の魔石を両手で掴んで苦しみ出した。

ゼングムは慌ててルキウス殿下の背中をさすり、胸に抱きとめる。ルキウス殿下に持たせてあるミスリル魔鉱石は、まだその力を発揮していた。ということは、これは魔素欠乏症状ではなく、心の許容を超えた衝撃であったために、発作が出たということだろうか。

「ああ……なんということをしたのだ……」

ポトス爺さんはルキウス殿下に構う余裕すらなく、封印を眺めて涙を流した。

念のためにと鞄からカップに注いだ飲料水を取り出し、ゼングムに手渡す。発作の対処法はよくわからないが、魔石を身体に埋め込んでいるルキウス殿下に、魔素水を飲ませるより安全だろう。

「ここまで愚かだとは思わなんだ……」

「ポトス爺さん、ルキウス殿下が今言ったことは」

「ああ、そうなのだタケル。あの封印の動力とも呼ぶべき楔は――ジョルリアーナ・メテス・グリマイト。幼き頃に失ったわしの子供だ」

炎神を封じるために礎《いしずえ》とされた、歴代のユグルの王。

ポトス爺さんの子供であるジョルリアーナという名前には聞き覚えがある。

ゾルダヌの王城の地下。歴代の王様の肖像画が並ぶあの廊下で、確かにその名前を見た記憶がある。

ジョルリアーナ・メテス・グリマイト。

肖像画の彼は金髪の美少年王。

ジョルリアーナ少年は幼いままの姿だった。その一つ前の王様が、髭もじゃで貫録たっぷりのポトス爺さん。

歴代の王様の肖像は皆老齢だったのに、ジョルリアーナの代になってから急激な若齢化が始まったのだ。

「もしかして……ジョルリアーナの王様は若くして亡くなったとされながら、実際は封印の生贄にされていた、とか？」

俺の呟きにポトス爺さんは深く頷き、ゼングムは愕然としていた。

「メテスは幼き頃に魔力を失い、王位を退いた。次代の王も同じ症状であった。誰も彼もが王位を退いてしばらくの後、死んでしもうた。わしはそう聞いていた。大地から魔素が薄れたせいだと訴える者もおったのだが……もしやディートニクスがこれを施したのか？」

「そんな……っ、そんな馬鹿な真似を、何故現王が！」

「あ奴は王位継承権から外れたことを恨んでおった。正統なる王の血を継いでいるというのに、己は劣等者であるはずがないと言うてな」

ゼングムが叫んだ現王とは。

俺が謁見して喧嘩を売った、あの魔王のことだ。

ポトス爺さんの話を聞くに、炎神を封じたのは魔王ということになる。

ちょっと待て。

待て待て。

もしかしたらもしかすると、魔王は王になりたいがために、魔素の流れを止めたのだろうか。

そのために歴代の王様を利用し、炎神を封印し、魔力の高い者から魔力を吸い、己の魔力とした。

そうしてユグルの民は魔力を吸われてしまったハヴェルマと、もともと魔力が少ないゾルダヌに分かれた。

ユグルの王になるために、魔王はどれだけの犠牲を払ったのだろうか。

こんなの、一族の存亡のためなんて言わせない。自分だけが可愛くて、自分の思い通りにならないのが許せなくて、周りをすべて利用する身勝手極まりない所業。

「ユグルの民が滅んでも良いというのか！」

ゼングムが叫ぶ。

誰も否定の言葉をかけることはなかった。

どんな理由があるにせよ、誰かを犠牲にして君臨する王位なんざあってはならない。俺の考えは綺麗ごとかもしれないが、そんな自分本位の王に誰がついていきたいよ。

だがしかし、今は嘆いている場合ではない。

決断をしなくてはならない。

「……ポトス爺さん、ゼングム、どうする？」

あの封印を、どうしたいのか。

俺は彼らに問う。残酷な質問なのかもしれないが、炎神を封じたままにはしておけない。

「わしらは炎神様をお救いしに来たのだ。そのためには犠牲も払わねばならぬ」

ポトス爺さんが力強く言う。ゼングムは悔しそうに唇を噛んだ。

「頼む、タケルよ。わしらはこの場においても嘆くことしかできぬ。お前の足を引っ張ってばかりだ。だが、それでもわしはお主に懇願させてくれ。彼らを、救ってほしい」

彼ら。

それは、楔とされた歴代の王たち。

「強き封術は強き力を求める。それは魔力だけではない。魂を代償としたもの。メテスはもう、死んでおる。魂は囚われ、肉体だけがあそこにあるのだ」

一度は亡くなったと聞いた子供。

それが、目の前にいる。たとえこの世にはいない存在だとしても、簡単に割り切れる問題ではない。

「プニさん、聞いてた？」

俺の隣に立つブロライトに聞くと、プニさんはブロライトのローブの裾から顔を出した。

小さな姿のプニさんは、人間の姿ではなく馬の姿をしている。

──ぶるるる……　ユグルの民に伝わりし　禁術
「プニさんも知っているんだ」

──炎神リウドデイルスが　愛しい　大地の子を　贄にされたと
贄……贄って、どこかで聞いたような。

ともかく、あの封印をなんとかしないと。

「プニさん、教えてほしい。あの封印はどうやったら解除できるんだ」

──強き力は　強き力により　解き　放たれる
「ん？　どゆこと？」

──強き力は　強き力により　解き　放たれる

「うん。だから、強い力を強い力でどうするの？」

プニさんの謎の言葉に慣れているとはいえ、時々こうやって神様のお告げ的な言い方をする。俺が理解できないからって、何も同じ言葉を繰り返さなくてもいいじゃないか。

時と場所を選んでほしいが、魔素がない中でもプニさんは頑張って話をしてくれているのだから、今はその言葉を大切にしよう。

強い力は強い力で解き放つ。

この場合、強い力は炎神を封じているあれ。あれに強い力をぶつければいいのだろうか。

強い力というのはどれくらいの力なのだろうか。

炎神を封じるほどの力ならば、古代竜ヴォルディアスを封じるようなものだろう？　あのボルさんが封じられるほどの力。

どんな力？

爆発する魔石でも造ればいいのだろうか。

それとも純粋に魔法をぶつけるのか。もしくはクレイの槍で打ち抜く。いや、強い力っていうのはそういうこっちゃない気がする。

あの楔の一つ一つに匹敵する力。

魔素がないこの地でそんな真似、どうやればいいんだよ。

「強い力で強い力を……」

そうか。

やはりミスリル魔鉱石で造った爆発する魔石をぶつければいいんだ。

封印の楔は魔石の力を吸うだろうけど、あまりにも強烈な魔力を叩き込まれたら暴発するかもしれない。

いくら魔力が強い王族が糧となっていたとしても、自分の許容量を超える魔力は取り込めないはずだ。

それならあの楔の一つ一つに魔石を投げるか。

俺が趣味で造っていた魔石コレクション。中には触れただけで炸裂する魔石もある。魔素のない場所で試したことがないから、どのくらいの威力なのかはわからない。だが、通常の魔石の数百倍、数千倍もの魔素を蓄えたミスリル魔鉱石だ。

威力は期待できるはず。

俺が悶々と考えていると、スッスは大きな白マリモを珍しそうに眺めながら言った。

「でっかいっすね〜。あんなにでかいもんを、どうやったら閉じ込めておけるんすかね」

スッスの素朴な疑問に俺は首を傾げる。

「ユグルの民の命を犠牲にしたってのは、聞いてたよな」

「聞いてたっす。酷いことをするやつがいるもんすよね。でも兄貴、ここは魔素がない場所なのに、封印はどうしてあのままなんすかね」

「……うん？」

「強い力の封印なんすよね。それって、ずーっと続けられるもんなんすか？」

「…………うん？」

「あの神様はどうして閉じ込められたままなんすかねえ。神様って強いんすよね？　だったら、抜け出せないいんすかね」

「閉じ込められたまま……封印をどうして維持できるのか。ここは魔素がない場所。抜け出す……」

スッスの言葉を一つ一つ咀嚼《そしゃく》していくと、スッスが言いたいことがわかってきた。

そうだよな。ここは魔素がない場所。それなのに、封印は維持されている。封印を維持し続けるためには魔力の高いユグルの民の犠牲と、それから。

「――どこかから、魔力を吸っている」

俺が言おうとしたことを、ゼングムが代弁してくれた。

「もしやこの封印を持続させるために、我らハヴェルマの民を造り出した？」

「それだ！」

いやわからないけど、そんな気がする。

ハヴェルマの民は数百人もいる。ユグルの民全体で考えれば一部なのかもしれないが、それだけの魔力を吸ったとして、すべて魔王一人の力とするには多すぎる。

一介の人間――この場合、神以外の種族のことを言うが、自分の身の丈以上の魔力を所有し続けることはできない。持てる魔力には許容量ってものがあるからだ。

魔王はハヴェルマから魔力を吸って、ゾルダヌのために使っていると思った。だがしかし、それならばルキウス殿下の身体に埋められた魔石の意味はなんなのか、という話。

「ユグルの中で魔力が豊富な人はいなくなって、だけど魔力は必要で、それならゾルダヌから魔力を吸うことにしたけど、記憶を失わせるには忍びない的な？　だから魔石で魔力を補うことにしたとか」

「なにゆえ記憶を失わないようにする必要がある」

「そりゃあれだよ。ゾルダヌの王でありたいからじゃないのかな」

クレイの問いに、あの魔王を思い出して自然と俺の口がへの字に曲がる。

魔王の考えなんてわからないし、わかりたくもない。

俺の言葉はすべて想像に過ぎないが、そう考えでもしないとルキウス殿下の魔石の説明がつかない。

封印を維持するために今もなお魔力は必要とされていて。

それで、これ以上ゾルダヌから魔力を吸えなくなったから俺を探し当てた、と考えるのが妥当ではないかなと。

これ以上ハヴェルマを増やすわけにはいかないから、ゾルダヌには魔力を補う魔石を埋め込んだ。

ユグルの民がすべてハヴェルマとなることは避けたかったのだろう。己が「王」であるために。

「俺の魔力を必要としたのは、自分が魔法を使いたいからではなく、この封印を持続させるためのもの」

「お前の魔力は非常識だからな」

「うるさいクレイ」

揶揄《やゆ》するように笑うクレイを睨むと、ゼングムの腕の中で休んでいたルキウス殿下の瞼が開いた。

「タケル、父は貴殿の魔力を国のため、民のために必要なのだと言っていた……それすらも、嘘であったというのか」

哀しそうに言うルキウス殿下に、俺は否定も肯定もしない。

もしかしたら俺の考えはすべて間違っていて、封印の力は歴代の王様の魔力そのものを使っているだけかもしれない。だがしかし、いくら膨大な魔力を持っていても、力は何百年も続かないだろう。

「わたしと……姉上様は、なんのために」

「ルキウス、もう喋るな」

「ううぅっ……ぐ、ううっ、うぐううううっ！」

突如呻き出したルキウス殿下は、両手で胸の魔石を握りしめた。

酷く苦しそうに呻いている。

「ルキウス？　如何した！　魔力が足りないのか？」

「うぎゃあっ！　ああああーーーっ！」

ゼングムの呼びかけにも答えないルキウス殿下に、俺は慌てて新しいミスリル魔鉱石を取り出そうとしたら。


「ほう、この場所を見つけたか」


四肢を震わすような、低く響く声。

「ピュイーッ！」

ビーが威嚇をして叫ぶ。そこには空に浮かぶ魔王がいた。

どうやってこの場所に、なんて不思議に思うこともない。ここに魔王がいるということは、やはり炎神を封じたのは魔王だったということだ。

魔素のないここで、浮遊術を展開する魔王。

クレイとブロライトは即座に戦闘態勢を取り、スッスはコタロを脇に抱えて俺の背後へと避難。

こんな足場も不安定なところで戦闘か？　足を踏み外せば溶岩の海へ真っ逆さま。

いったん逃げるのもアリだなと避難経路を探すと、ルキウス殿下の胸の魔石が激しく輝き出した。

魔石の強い反応。これはつまり。

「もしかしてルキウス殿下の魔力を吸っているのか！」

俺が魔王に指摘すると、魔王は心底愉快そうに笑う。

「そこまで気づいておるとはな。ふふふふ、はははは！　ただの巨人族がよう気づいたものよ」

だから俺は巨人族じゃないっての！

「ぐあああっ！　ぎゃあっ！」

ゼングムの腕から離れ、地面を激しくのた打ち回るルキウス殿下。

この場でルキウス殿下にミスリル魔鉱石を持たせれば、魔王は更にルキウス殿下の魔力を吸い取るだろう。

そしてその魔力は封印を持続するために使われる。

俺が鞄の中に手を突っ込んで迷っていると。

「ルキウス！　やめろディートニクス！」

苦しむままのルキウス殿下の身体がふわりと浮いたと思ったら、ルキウス殿下は勢いよく魔王の側へと引き寄せられてしまった。

「ルキウス！」

ゼングムの悲痛な叫びが轟《とどろ》いた。

16　魔王見参。英雄も見参

即座にブロライトが飛び上がり、魔王へと切りつける。

「でりゃあっ！」

しかし魔王は不敵に笑いながら攻撃を躱して告げる。

「それなるハイエルフの魔力も魅力的ではあるな」

ブロライトがハイエルフ族だと初見で気づくとは。

魔王も調査魔法《スキャン》のようなものが使えるのか？　だったら俺の種族もわかるはずだから、ハイエルフ族特有の魔力がどうのこうの、ってやつかな。

「ルキウスを返すのじゃ！」

空中でひらりと回転したブロライトは、その勢いのまま再度切りつけようとする。

「リザードマンと、小人……ふん、他種族の手を借りるとはな。力なき先王の足掻きといったところか」

しかし魔王はブロライトの攻撃など相手にしていないかのように、今度は更に高い場所へと浮遊した。

ルキウス殿下は苦しみもがいたまま。その身体も魔王の側から離れず、俺たちのはるか上空へ。

「ユグルの民をなんと思っておるのか！　炎神をあのような姿にしたのは貴様であろう！」

ポトス爺さんが叫ぶと、魔王は炎神の姿を眺めて高笑い。

「ははははは！　ユグルなぞとうに滅んだわ！　これからはゾルダヌが世界を制するのだ！」

何言ってんだアイツ。

そのゾルダヌだって滅びそうになっているじゃないか。

「世界を制してどうすんだよ」

俺が静かに問うと、魔王は高笑いを止める。

つまらなそうに俺を見下し、眉根を寄せた。

「我が名を轟《とどろ》かせるのだ」

「名前を広めてどうするんだ？　世界を自分の思い通りにして、それから？　お前みたいな自分勝手な唯我独尊男に誰がついていくよ。恐怖政治ってのは長くは続かないぞ。民衆は絶対にお前に不満を持つ。そんな世界に君臨してどうする」

さあ答えろとばかりに魔王を睨む。

「右倣《なら》えの個性のないやつらばかりを周りに侍《はべ》らせるのか？　そりゃ愉快だろうよ。だけどな、そんなのはつまらないぞ」

どんなに大きな組織でも、所属しているやつらが全員同じ考えというのはあり得ない。皆が皆同じ考えで同じ方向しか向かなかったら、その組織に成長は見られないだろう。

つまり、発展しないということだ。

成長や進化というのは、成功や失敗を繰り返して得られるもの。一つの考えだけに拘《こだわ》らず、柔軟に考えて対応していくことで、人は成長できる。

村だって国だって、そうやって発展していくのだ。

「答えろよ魔王。パゴニ・サマクの守護神を封印して、それからどうする。次はグラン・リオに来るか？　グラン・リオの守護神は強いぞ。めっちゃくちゃ強いぞ。お前は炎神を封じたまま他の守護神も封じられると思うのか？」

魔王の顔がどんどん歪む。

不愉快そうに、嫌悪を隠さず俺を睨みつけた。

反論してみろよ。

お前の正義の下にお前が行動をしているなら、その正義の貫き方を教えろ。

「ようも挑発しおって」

クレイが笑った。

「我らを標的にさせれば、ハヴェルマの民らを狙うことはないじゃろうな」

いつの間にか俺の隣に立つブロライトも笑う。

「ピュピュイ、ピューィピュピュー」

ビーはアイツに噛みついてやりたいと言った。あんなの噛んだらお腹壊すからやめなさい。

完全に怒りを露わにした魔王だが、攻撃をしてくるわけではない。

あんな上空から攻撃魔法でも放たれたら、たいして広くないこの足場は崩れる。俺たちを一網打尽にしたいのなら、絶好のチャンス。だがそれをしないということは。

浮かんでいるだけで精一杯？

「クレイ、ブロライト、ビー。今から封印の楔に……効果がわからないからどれくらい破壊できるかはわからないが、ともかく爆発する魔石をぶつけてみる」

両隣でそれぞれ武器を構える二人に声をかけると、途端にクレイの顔が渋くなる。

「効果がわからぬ爆発する魔石だと？　お前は一体何を造り出しておるのだ」

「ここで説教するなよ。いいだろうが俺の趣味なんだから。それよりも、爆発できたらおそらく封印が解かれる。溜め込んでいる魔素が一気に放出されるだろうから、起動している結果石が壊れるかもしれない」

許容量以上の力をぶつけられたら、いくら結界石でも耐えられないだろう。

「ふふふ。タケルのやりたいようにするが良いのじゃ。我らはそれに対応するまで」

「ピュイピュイ」

ブロライトは状況を楽しむかのようにあっけらかんと言った。

ビーも賛同し、笑って頷く。

「ルキウス殿下を取り返し、ゼングムとポトス爺を守る。リベルアリナとプニさんは状況に応じてなんとかして。コタロとスッスは俺の後ろから出るな。それからヘス……」

「ヘス？」

ヘスタスの名前は出すべきではないか。

ヘスタス本人が出てこないのなら、俺がその名を口にしない。

「いや、なんでもない。それじゃあ構えてくれ。もしかしたら不発かもしれないけどさ」

俺は鞄から拳大のミスリル魔鉱石を取り出した。

この魔鉱石には俺の魔力が込められている。

些細なきっかけで、爆発する魔石。

「タケル、その魔石は如何した。この俺ですら恐ろしいほどの魔力を感じるぞ」

クレイが俺の手の中にある魔石を睨みながら指摘する。

今それ言う？

そんな場合じゃなくない？

「いろいろな効果のある魔石を造るのが趣味なんだよ」

「そのような趣味、いつ持った！」

「いい暇潰しになるんですー！　誰にも見せないし売ったりしないんだからいいだろ別に」

「いいわけあるかあっ！　お前はもっとその魔石の恐ろしさを考え……」

「どりゃあーーーっ！」

クレイの場所を選ばない説教を無視し、俺は渾身の力で投げた。

魔王へと投げたのではなく、楔となったジョルリアーナ少年のもとへ。ごめん。せめて遺体だけでもポトス爺のもとに返したかった。

魔石は眩く光ると、楔に触れた瞬間激しく爆発した。

耳をつんざく轟音《ごうおん》と、大地を揺るがすほどの振動。その影響のせいか、起動していた結界石が砕ける。途端に肌を焼くような熱風が吹き荒れた。

「うぎゃあああーっ！　あつっ、あっ、暑いっすー！」

「わんわんわんわんっ！」

俺の背後で暴れる二人を守るように、杖を構えた。

ここで倒れたら皆に迷惑がかかるから、ミスリル魔鉱石を握りしめてから魔法を練る。

「我らを守りし大いなる慈悲よ……結界《バリア》、展開っ！」

全員を守れるだけの結界を張り、様子を窺《うかが》う。虹色に輝く結界が張られ、熱風はピタリと止まった。

「スッス、コタロ、怪我はないか！」

クレイが叫ぶと、二人は必死に頷く。

結界の外は白い煙が充満し、何も見えない。

楔は壊れたのだろうか。それとも、無傷のまま？

「貴様ぁっ！　許さんぞ！　許さんぞーーっ！」

煙の向こうで魔王が吠えている。許さんだろうよ知っている。

それよりも、ルキウス殿下は無事だろうか。

「ピュイ！　ピュイィ！」

ビーが俺の頭をぺしぺしと叩き、俺の頭を掴んで強引に動かすと。

煙が晴れた先に見えるのは、一部が大きく陥没した封印。楔の一つは跡形もなく吹き飛んでいた。

こりゃ怒るわな、魔王。

残り三つの楔のうち二つにはヒビが入り、横穴は今にも壊れてしまいそうだ。

ぴくりともしなかった白いマリモが、ゆるりゆるりと蠢《うごめ》いている。

握りしめていたミスリル魔鉱石が砕けると、俺が展開した結界がパチンと音を立てて消えてしまった。

「これは……魔素の流れだ」

ふいにゼングムが気づく。

どこかに何か見えているのかと、俺も慌ててキョロキョロと辺りを見回していたら。

頬に触れる湿気《しけ》った風。

「魔素が流れておる……」

喜ぶポトス爺さんだったが、消失した楔の跡を眺め、がくりと膝をついた。

この風はグラン・リオで感じるような風ではない。乾燥した、力のない風といえばいいのだろうか。

炎神はまだ完全には解放されていない。

「クソッ……余計な真似をしおって！」

魔王の怒号が響く。

その怒りに連動してか、地面が激しく揺れ始めた。

立っていられないほどの振動に尻もちをつくと、コタロの襟に隠れていたヘスタスが飛び出した。

「タケル！　俺の身体をよこせ！」

いきなり何言ってんのこのイモムシ。

突然飛び出てきた小さなイモムシに、クレイの目が見開かれる。

「あのクソ野郎の相手は俺がする！　俺の本体はアダマンタイト魔鉱石で造られているから、ちったぁそっとでは壊れやしない！」

ヘスタスの本体。

それは、地下墳墓《カタコンベ》で待機中の鋼鉄のリザードマンの身体。

確かにあれは簡単に壊れないだろう。俺が地下墳墓《カタコンベ》の主であるリピに頼まれ、修繕し、大改造し、以前よりも強く硬い物にした。

造り終えるたびにこっちをこうしろあっちをああしろと、次から次へと注文をつけ、どんどんどんどん言いなりにしていったら、あら不思議。まるで恐ろしいモンスターのような見た目になりました。テッテレー。

あれをここで出すのか？

「お前はさっさと封印を破壊しろ！　ルキウスは未だ苦しんでいるじゃねぇか！　もしかしたらゾルダヌのやつらも同じ目にあっているかもしれねぇ！」

ヘスタスに指摘され、気づく。

確かに言う通りかもしれない。ルキウス殿下の魔力だけで魔王の浮遊術を補えるとは思えない。しかも、魔王の威圧で地面を振動させる、その力。相当な魔力がないと、こうはならないだろう。

魔王は魔法を発動させるための詠唱をしていない。無詠唱での魔法の行使はより魔力を消耗する。

「アルテ……集落に残したアルテは！」

ゼングムが妹の名を呼ぶ。

「タケル、早くしやがれ！　魔石の力をすべて吸い取った後は、命までも吸い取りやがるぞ！」

ヘスタスの叫びに俺は杖を構え、大きく息を吸い込む。

省エネ魔法の詠唱なんてすっかり忘れてしまった。今の俺には怒りと、焦りと、その他もろもろの感情が渦巻いている。

「転移門《ゲート》、展開っ！」

思い描くのは地下墳墓《カタコンベ》の魔素発生装置があった場所。一時的にあの魔素も利用させてもらおう。不可抗力だ。壊れたら直す。

中空に光の輪が広がると、そこには光の波紋が広がっていく。地下墳墓《カタコンベ》の構造などを知られたくないから、水が揺らめいているだけに見えるようにした。あそこはリザードマンの英雄たちが眠る大切な場所だからな。

揺らめく光の波紋から、にゅるりと上半身だけ出したのは。

不機嫌顔の墓守。

戻ったヘスタスに怒りの雷でも落とすつもりだったようだ。

だがヘスタスは先手を取って叫ぶ。

「リピルガンデ・ララ！　説明は後だ、俺の本体を使う！」

ヘスタスが転移門《ゲート》に飛び込むと、リピは何かを言おうとした口を閉じる。

「クレイ、ブロライト、ヘスタスの用意ができるまで耐えるぞ！」

まともに立てないほどの振動に耐えてはいるが、魔王は俺たちもろとも殺す気だ。

足場の端からどんどん崩れていく。

転移門《ゲート》から漏れ出る魔素すら、魔王は吸い込んでいった。

「ちょっと！　なんなのよアイツ！　アタシの魔力を吸っているわ！」

ハッと気づいたリピは、地下墳墓《カタコンベ》からは出てこずに魔王を指さし叫んだ。

「リピはそこからこっちに出てこないほうがいい。ここは魔素がとても少ない場所なんだ」

「タケル、後で絶対に説明しなさいよ。今は黙っておいてあげるから！」

これは後が怖いな。

リピの魔力にまで手をつけるだなんて。

魔王のやろう、なんて命知らずな！

「ヘスタス？　今、お前はヘスタス……ヘスタス・ベイルーユの名を呼んだのか！」

クレイも叫ぶ。

しまったヘスタスの名前を言っちゃった。

俺は地下墳墓《カタコンベ》でリザードマンの英雄たちと交流したんだと、クレイに話したことがある。クレイは驚きつつも喜び、興奮しながらどんな英雄と会ったのか根掘り葉掘り聞いてきた。

クレイにとっては既に死んだ英雄。だが、実は生きていたという事実に、クレイは衝撃を受けなかった。

大昔に絶滅したと言われているハーフエルフ、通称エデンの民であるリピに、ドラゴニュートの英雄リンデルートヴァウムが機械人形《オートマタ》で動いていたという例があるから、そういうものだと受け止められたのだろう。

意志の強い魂は強い魔力を帯びた核さえあれば、その核に魂を繋ぎとめることができる。

ただ生き残りたいと念じれば魂を残せるわけではなく、意志の強さと長年の鍛錬、何かしらの加護を得て、ようやく核へと魂を宿すことができるのだ。

と言っても、よくわかんなかったのだが。魂が核へ宿るって、どうやるんだよ。それも魔法でなんとかなるのか？　複雑な魔法陣の上でナムナムーっと？　大体、とうの昔に死んでしまった人が、今も鋼鉄イモムシとして元気に生きていることの意味がわからない。

深く考えてはならない。

ここはマデウス。非常識が常識となる世界。

「気のせい！」

俺がキッパリと言い放つと、クレイは叫び返す。

「気のせいなわけがあるかぁ！」

ですよねー。

ヘスタスが眠る地下墳墓《カタコンベ》に転移門《ゲート》を繋げたのだ。しかも、怒り心頭のリピ登場。更に俺が叫んだヘスタスという名前を聞いて、クレイが反応しないわけがない。

俺は再度鞄の中からミスリル魔鉱石を取り出すと、転移門《ゲート》を維持するための魔力に変える。ヘスタスが出てくるとなると、転移門《ゲート》は今の三倍の大きさが必要。

「オゼリフ半島で転移門《ゲート》を開いた時、どさくさ紛れにやってきたんだ」

話をしながら集中しつつ、転移門《ゲート》を広げていく。

ヘスタスは遠い地に飛ばされたというのに恐れもせず、知らない場所にいちいち驚き喜び、常に明るく笑っていた。

俺の不安を取り除くため、なんてことは考えなかっただろうな。あれがヘスタスの性格。

出会ったばかりのハヴェルマたちを愁え、ゾルダヌに怒りを向けた。

しかし王城でルキウス殿下に出会い、ゾルダヌの中にも話せる者がいると知った。

そして、クレイを気遣った。

憧れを壊したくないと。

そんな気遣いしなそうに見えて、実はとても繊細。傷つきやすいとかそういうことではなく、空気を読むというか。絶妙なタイミングで突っ込みをくれるというか。

「本当に、あの……英雄ヘスタスなのか？」

クレイが転移門《ゲート》の先を凝視する。

光の波紋が見えるばかりで地下墳墓《カタコンベ》の様子は窺えないが、転移門《ゲート》は次第にその大きさを増していく。

「……タケル、そのように広げてどうするのじゃ」

ブロライトが心配そうに言うが、もう少し大きくしないとならない。

クレイの背丈の倍。リンデルートヴァウムの身体よりも少しだけ大きい、ヘスタスの本体。

「かっこよくしてくれって頼まれてさ。あれもこれもと注文を受けたら……とんでもないものができあがりまして」

転移門《ゲート》の波が揺らめく。

つと、波紋から光が溢れると。

初めに爪。そして指先。

漆黒と白銀の二色に輝く太い腕と。

肉食恐竜を連想させる、面長の顔。鋭い牙。そして。

「この身体で暴れるのは初めてだ」

低く、唸るような声。

鋼鉄イモムシだったヘスタスの声は、変声期前の少年のような高い声だった。

しかし、鋼鉄イモムシを核とし、本来の姿である機械人形《オートマタ》の姿になったヘスタスの声は、力強く渋い声になった。

クレイの声の低さと良い勝負。

「こうなったら勝ってきなさいよ。舞槍術《ぶそうじゅつ》の開祖たるその力、ぶちかましてらっしゃい」

リピのとんでもない激励が聞こえる。

煽るな煽るな。

ただでさえ張りきって無茶でもやらかしそうなヘスタスに、油を注いで団扇《うちわ》で扇ぐような真似するな。

「俺を誰だと思っていやがる。俺は綺羅星と謳《うた》われた、英雄ヘスタス・ベイルーユだぞ！」

転移門《ゲート》から出て完全にその姿を見せたヘスタスは、まさに恐竜。

ティラノサウルスのような顔をした、身体は筋骨隆々のリザードマン。

もともとの顔はこんなに怖くないのだが、どうせなら迫力のある顔にしてくれと言われた。

後頭部から尻尾の先にかけて生えるギザギザの突起は、とにかく強く見せてくれと言われた。モデルはステゴサウルス。

鋼鉄の恐竜ロボは、漆黒と白銀の二色に彩られていた。

あれだな。

こうやって客観的に見ると、プラモデルとかフィギュアにありそうだな。悪役として。

「ヘスタス……英雄、ヘスタス」

クレイが呆然としている。

クレイの頭四つ分は高い位置にあるヘスタスの顔が、クレイを見下ろして不敵に笑う。

「よう、ギルディアス・クレイストン。お前の噂はリンデルートヴァウムから聞いているぜ。アイツの槍の後継者になるなんざ、やるじゃねぇか」

「うええっ？」

クレイにあるまじき声が出た。

憧れの英雄に見つめられ、名前を呼ばれ、思わず両手で口元押さえちゃっている。

お前は思春期の小学生か。

アイドルに話しかけられた少年か。

「月《つき》の槍《やり》を最期まで使ってくれてありがとうよ。俺の相棒は満足して逝《い》ったぜ」

ヘスタスが生きていた頃、愛用していた槍がある。それは月の槍と呼ばれ、現在クレイが所持する太陽の槍と対《つい》となっていた。

ヘスタスの没後、リザードマンの郷であるヘスタルート・ドイエに伝わり、鍛錬を積んだクレイが竜騎士となった記念に贈られた槍だった。

それをクレイは海での巨大魚捕獲のさい折ってしまったのだが、実際はクレイの力に耐えられず壊れたのだ。

クレイをわんぱくなドラゴニュートに進化させたのは俺です。はっはー。

「英雄ヘスタス、そんな、それは、とんでもない、ことで」

慌てふためくクレイなんて。

なんて面白いんだ。

目の前には炎神が封じられていて、その封印が解けそうで、ぶちぎれ魔王はルキウス殿下を人質にぷかぷか浮かんだまま。

だがしかし、照れて尻尾がグネグネ動くクレイなんて初めて見た！

後で絶対に揶揄《からか》う材料にできる！

「タケル！　俺のことを飛ばせ！」

「えっ。今？」

「アイツは浮かんでいやがんだろうが！　お前が遊びで俺のことを浮かばせた、あの魔石をよこせ！」

やべぇ。

それを言うなそれを。

リピに内緒で地下墳墓《カタコンベ》の外に出て、ロボヘスタスの試運転だとばかりに浮遊魔石を埋め込んだことをバラすな。

湿地帯の空を飛んで巨大コウモリを一網打尽にしたことは黙っていろ。

巨大コウモリの翼はギルドで高く売れました。

ロボヘスタスはその時、空を飛んだのだ。そのせいでビーと共に飛びたがっていたのだが、そんなの忘れているとばかり。

転移門《ゲート》から顔だけ出しているリピが俺を睨んでいる。すっごい、睨んでいる。鬼の形相《ぎょうそう》。般若《はんにゃ》。

ゴリラ。せっかくの美人機械人形《オートマタ》の顔なのに台無し。

「この馬鹿ヘスタス。秘密にしておけって言ったのに！」

「俺様の魔力が尽きないように、いくつか魔石をよこせ。お前確かリピルガンデ・ララにオリハルコン魔鉱石を押しつけられたろ。あれよこせ」

「あーーーっ！　余計なこと言うなーーー！」

今度はクレイがものすごい恐ろしい顔で俺を見てくる。

オリハルコンは幻《まぼろし》の鉱石。ミスリルよりも希少価値が高く、ランクSの冒険者すら所持することはないと言われている。

アダマンタイト魔鉱石と合わせてリピに押しつけられたのだが、アダマンタイト魔鉱石をクレイに見せた瞬間、そんなのしまえ愚か者と怒鳴られたのだ。酷くない？

まるでカツアゲみたいに大小様々な種類の魔鉱石を渡してやると、ヘスタスはそれを一気に呑み込んでしまった。

こうやって機械人形《オートマタ》は魔石の力を蓄積するのだ。

最後にしぶしぶ鞄から取り出したのは、ヘスタス用の特大飛翔《フライ》魔法魔石。これ一つでどれだけ飛び続けられるかは実験済み。今渡したとんでもない魔石たちの力を得れば、この魔素が不安定な地でも大丈夫だろう。

「よぉし魔王！　この俺様が相手になってやる！　てめぇの世界の狭さを、その目に焼き付けやがれ！」

そう言って飛び立ったヘスタスに、転移門《ゲート》から顔だけを出したリピが叫ぶ。

「あんたー！　宝物庫から邪神《じゃしん》の十文字槍《じゅうもんじやり》を持ち出したわね！　それは有翼人種《ディアナーガ》の英雄ディエモルガの愛槍でしょうが！」

「今の俺にぴったりの槍だ！」

「傷一つ付けんじゃないわよ！　もし壊したらタケルに全力で直させるからー！」

いや待て俺かい。

ロボヘスタスが手にしているのは、巨大なヘスタスが手にしても不自然ではない業物《わざもの》。穂先が十字に分かれている、特徴的な大槍だった。ああいうの日本の戦国武将とか、ヨーロッパの十字軍とかが持っていたな。やべぇかっけぇ。

「ヘスタスの槍術！　ほんもの！」

クレイが少年のままで帰ってこない。

目をキラッキラさせて上空を見ている。

ロボヘスタスの跳躍は地下墳墓《カタコンベ》にある機械人形《オートマタ》の中でも随一。

素早さと剛腕を兼ねそろえ、耐久力も抜群。俺が地下墳墓《カタコンベ》の英雄たちの壊れた本体を直すさい、ヘスタスだけが注文をあれこれ言ってきたのだ。リンデルートヴァウムなんて、機械人形《オートマタ》の姿で動けるだけで感謝すると言っていたのに。

調子に乗って俺も注文に応えたのだが。

まさか巨大恐竜ロボが空を舞うだなんて。

誰が想像できたよ。

「なっ、なんだ貴様は！　リザードマンなのか？」

「俺は、英雄だーーーー！」

余裕を持っていたはずの魔王が、真っすぐに向かってくるロボヘスタスに動揺。浮かんでいたルキウス殿下の身体が落下した。

「ブロライト！」

「応！」

素早さに定評があるブロライトをクレイが呼ぶと、ブロライトはそれだけで瞬く間に空中でルキウス殿下を受け止めた。

俺はリピに詫びながらも地下墳墓《カタコンベ》への転移門《ゲート》を閉じると、続いてハヴェルマの集落への転移門《ゲート》を開く。

行きはよいよい帰りは一瞬。転移門《ゲート》を開いた先には、侍女アルテをはじめ、叫び呻くゾルダヌたち。

「アルテ！　ラトロ!!」

ゼングムの叫びが届いたのか、アルテは呻きながらもゼングムに気づき、力なく微笑んだ。

「ポトス爺さんとゼングムは集落に戻れ！　ブロライト、ルキウス殿下を頼む。プニさんとリベルアリナは泉の水に突っ込んどいて！」

「頼まれた！」

ルキウス殿下を横抱きにしたまま転移門《ゲート》に飛び込んだブロライトに続き、ゼングムとポトス爺が躊躇《ためら》いながらも飛び込む。

「スッスとコタロも避難を」

「かあっこいいっすーーーー！」

「すごいすごいすごいすごいーーー！」

非戦闘員であるスッスとコタロも続かせようと探したら、二人はクレイの背後で上空を見上げていた。

そこにはロボヘスタスと魔王の見事な空中戦。

ヘスタスの飛行機能は俺の提案。浮遊魔法を自在に操るリザードマンがいたら面白いよね、の提案に、それだー！　と飛びついたのはヘスタス。

ちなみに背中に付けたジェットはただの見せかけ。あれくらいの大きさでロボヘスタスの巨体が飛べるわけがない。

「スッス、コタロ、転移門《ゲート》に入らんか！」

我に返ったクレイが、背中に纏わりつく二人を叱る。二人は興奮のあまりクレイの背中をぽかぽかと叩いていた。

「旦那ぁ！　おいらは古代狼との戦いにも参加したことがあるんすよ？　あんな卑怯者なんか怖くないっす！」

「ぼくは王子だぞ！　誉《ほま》れ高き穴掘りのコポルタ族の王子だ！　王子は恐れないし逃げないし、あの黒くて大きいのがすごいのだーーー！」

ダメだ。

二人とも炎神を見た時よりも興奮している。

コタロは興奮しすぎて何を言っているんだか。

やばい。コタロの大声に数人のコポルタ族が反応。転移門《ゲート》のぎりぎりのところで顔を出し、上空を見て口を開けている。

コポルタ族をこちらに来させるわけにはいかないのに、モモタがコタロを見つけて猛ダッシュで飛び出してきた。

「にいさまーーー！」

「おお、モモタ！　すごいぞ、あの黒くて大きいのは鋼鉄の守護精霊様なのだぞ！　ぼくたちを見守ってくれた、あのイモムシ様なのだ！」

「にいさま、にいさまっ、ぼくはあんなかっこいい大きいの、見たことがない！」

「ぼくもだ！」

「ピューイッ！」

いやいやいや、見学しないで。喜ばないで。

ビー交ざるな。

今は魔王とロボヘスタスが死闘を繰り広げているんだから。

「タケル、ゾルダヌらの魔石が今にも砕けてしまいそうじゃ！」

ルキウス殿下を避難させたブロライトが戻ると、ブロライトはコタロとモモタを素早く両脇に抱える。

「コタロ、ポトス爺さんに伝えてくれ。早く埋め込まれた魔石について調べろって」

ミーハーな下心で危険な炎神の封印近くまで来たんだ。歴代のユグルの王に伝わる書物ってやつを、早く読め。

「タケル、翁《おきな》は指輪のマジックボックスを開いておった。今はハヴェルマが手分けをして書物をあさっておる！」

「やっぱり指輪が外れないのは嘘だったのかい！」

あの爺さん、後で説教だな。

事情を話せばリピからも説教してもらえるかもしれない。リピの説教は二時間を覚悟しろ。

コタロとモモタはブロライトの拘束から逃れようと暴れる。

二人の視線は空へ釘づけ。

空中戦は白熱を極め、魔王が劣勢に見えた。

もともと戦闘能力のない魔王なのだろう。浮遊術はどこかぎこちなく、ロボヘスタスの強烈な槍術を躱すのに精一杯なようだ。

だがゾルダヌたちは更に激しくのたうち回る。

魔王は今この時でも魔力を吸い続けているのか。こりゃ王都のゾルダヌたちも同じ症状で苦しんでいるかもしれない。

俺は鞄の中から爆裂魔石を取り出し、クレイに手渡した。

「クレイ、それを一番下の楔に投げつけろ。さっき投げたやつより大きいから、きっとそれで封印は解けるはずだ」

「お前はこのような恐ろしい魔石をいくつ用意していたのだ！」

「言ったろただの趣味だってー！」

「もっと穏やかな趣味を持て！」

上空では魔王とロボが空中戦。

背後の転移門《ゲート》先では苦しむゾルダヌと、それを懸命に介抱するハヴェルマ。書物を鬼の形相で読み進めるポトス爺さんとラータ婆さん。ラータ婆さんは穏やかな顔で読んでいたが、頁をめくる手がポトス爺さんより早い。

ブロライトはスッスと同じ目をして上空を見上げているし、ブロライトの両脇で拘束された豆柴兄弟は暴れるし。

いつもこんな感じの戦闘になるなと。

クレイが思いきり魔石を投げるのと同時に、俺は転移門《ゲート》を包む結界を張った。

17　解き放たれた炎神と、素材採取家の本領

俺がマデウスに来て、何も考えずに使っていた魔法。

青年にもらった恩恵はとても素晴らしく、思った通りの魔法がいくらでも使えた。魔法のなんたるかもよくわからないままで、ただ便利なんだから使えばいいじゃないと遠慮なく使いまくった。

魔法には魔素が必要で、魔素は生きるために必要なもの。

それを知ったのはいつだったか覚えていないが、魔素はマデウスに住む者たちにとって、良いものにも悪いものにもなる。多くても少なくてもいけない。適正な量の魔素を使うのが、魔法の極意。

その魔素は、大地を守護する古代竜が守っていた。

守っていたのか？　守っていたんだっけ？　大陸の平和を守るという広い意味では、守っているのだろう。うん。

俺が遠慮なしに使いまくっていた魔法も、魔素が必要だった。

魔素がないと呼吸も苦しいだなんてね。

不思議だな。

「ごふ！」

突如目の前に星が走り、クレイに殴られたことを悟る。

「痛いっ！　なんで殴った！」

「余計なことを考えておったであろう！」

「余計、でもない！　魔素ってなんなのか考えていただけだ！」

激しい爆発音と共に砕け散る封印の楔。

俺の思惑通り、クレイの投げた魔石は弾道ミサイルでも落ちたんじゃなかろうかという威力で炸裂。炎神ごと吹っ飛ばした！

やべえ！　と心配をしたが、古代竜がそう易々と死ぬわけがない。

真っ白な煙で辺りは何も見えなくなる。

しかし、あれだけ赤々と燃えていた火口のマグマが、瞬く間に鎮火してしまった。

結界の向こう側は、暴風が吹き荒れている。

「タケル、どうなったのじゃ！」

「タケル、おっきいのが見えないよ！」

「兄貴、黒いのはどこっすか！」

お前ら。

ブロライトの「どうなったのじゃ」は炎神のことじゃない。戦っているロボヘスタスが見たいのだろう。

俺だって気になっているが、そっちを気にしている場合じゃない。

あのロボヘスタスは負けない。絶対に。

偽りの魔力を使う魔王なんかに、ヘスタスの魂は負けやしない。

次第に晴れてくる煙の向こう。

封印の楔は見事に砕け、原形を留めずばらばらと崩れ落ちた。

あの楔の一つ一つが、犠牲となったユグルの王。せめて魂だけは安らかに逝けるよう、炎神に頼むとする。このくらいの願い、叶えてくれるよな？

横穴にみっちりと詰まっていた白マリモの姿が見えない。

ただヒビの入った大きな穴があるだけ。あれどうしよう。

「やっべ」

「タケル！　炎神はどうした！　よもや吹き飛んだのではあるまいな！」

それを言うな。

クレイは焦って俺の頭を掴み、前後左右に激しく揺さぶる。

俺の頭はお前のサンドバッグじゃないんだ！　いくら頑丈で硬い頭だって、脳みそをちゃぷちゃぷされたら脳震盪《のうしんとう》になる！

「おんどりゃあーーー！」

ロボヘスタスの怒声が響き渡る。

魔王が激しく吹き飛び、火口の壁に叩きつけられた。

ブロライトたちは歓声を上げ、飛び跳ね、両手を上げてやんややんや。

クレイも固唾を呑み、拳を握りしめて戦闘を見守っている。

こういう戦闘は俺たちが主力となって立ち回るべきなんだろうが、舞台は空中だからな。空を飛びながら戦うって、無理だわ。絶対に、無理。

空飛ぶ魔法はそんなに得意じゃない。浮かんでゆっくり落ちることはできるけども。おまけにここはまだまだ魔素の流れが不安定で、炎神の力が戻ったとは言いきれない状況。

瞬発的な攻撃魔法を放てば、持続しなければならない浮遊魔法が消える。そしたら落ちる。死ぬ。

はい、無理。

「ピューイッ」

俺も見守るべきかなと上空を見上げると、ビーが俺のローブを引っ張った。

「どうしたビー」

「ピュピュイ、ピュイィ」

お？

炎神の気配を感じると？

どこにいるんだ？

破壊された横穴にはいない。

だがしかし、風には確かに魔素が含まれている。少しずつではあるが、マグマがあった部分から魔素が漏れ出ているのがわかる。

守護神を封印して魔素の流れを止めていたにしては、これっぽっちの魔素しか出てこないの？まさか――。

「ピュイ！」

ビーが喜び勇んで飛んでいった先は。

ロボヘスタスと魔王が対峙する、その更に上空。

真っ白のマリモが、ぷかぷかと浮かんでいる光景。

「クソッ……！　貴様らのせいで、貴様らのせっ……」

「うるせぇ黙れとにかく殴る」

魔王の叫びにロボヘスタスの拳が飛ぶ。

あのメガトンパンチで殴られたら、たとえランクSの凶悪なモンスターでも消し飛ぶだろう。

あれだけ偉そうにしていた魔王が見るも無残。ヘスタスに格の違いを見せられたようで、顔は恐怖に引きつっている。

あの姿こそが本来の魔王の姿なのかもしれない。

俺よりも下手な浮遊魔法。とっさに盾《シールド》魔法も出せていない。口だけは達者なようで、文句ばっかり叫んでいる。あれが王？　何千年も続いた、ユグルの王だと？

逆にロボヘスタスは実力の二割も出していない。かといって遊んでいるわけでもなく、重たい拳を繰り出し確実に魔王の体力を奪っている。

そんな最中、白マリモはじっと止まっているだけ。あれどうやって浮いているんだ。魔法？　炎神って立派な白い翼が生えていたじゃないか。

「タケル、タケル、タケルタケルタケル」

「はいはいはいはいはい！」

転移門《ゲート》の向こうで、ポトス爺さんが俺の名前を連呼する。

巨大な本を地面に置き、俺に向かって叫んだ。

「身体に埋めた魔石を取り除くには！　炎神様のお身体の一部が必要となる！」

炎神の身体の一部とな。

あの、もふもふっとした毛でいいのかな。

「それから……これは？　ふむ、ふむ……ううむ、これは……とても手に入りそうにない」

次の頁をめくったポトス爺さんは、難しい顔をしながら指で文字を追い、肩を落とす。

「ちなみになんだった？」

「マデウスの象徴たる物だ。常人には手に入れられぬ物」

「いや、そんなナゾナゾしないで。何が必要って書いてあるんだ」

ポトス爺さんはよっこらせと本を持ち上げ、地面に立てて俺に中身を見せる。

そこには、葉っぱの絵。

傷ついた翼竜が血を流している絵。

そして、神様のような光が水滴を落としている絵が描かれていた。

ポトス爺さんは悲痛に顔を歪め、言う。

「――ユグドラシルと呼ばれる命の大樹の葉。そして、今は失われたキヴォトス・デルブロン王国に生息していたと言われている、伝説のドラゴンの血……エンヴァルタス・ラティオの黄金だ」

うん？

「命の大樹など、この世界のどこを探せばあると言うのだ！」

うん。

「ドラゴンの血で造られたという、有翼人種《ディアナーガ》が使っていたデルブロン金貨など、もう何百年も見ておらんわ！」

うん……

うん………

ポトス爺さんの叫び声は、呻き続けるゾルダヌたちに絶望を与えた。

ハヴェルマたちも愕然としている。苦しむゾルダヌを心配してくれる彼らは、なんて優しいんだろうか。

俺は心を落ち着かせるために一度目を瞑り、いやそんなまさかと目を開き。

とてもとても見慣れた葉っぱの絵を見て、手元の杖を見る。

もう一度絵を確認して、手元の杖を見る。

うん。

似ているね。

似ているというか。

うん……

同じだね。

「タケル、もしやデルブロン金貨というのは……あの？」

クレイがロボヘスタスを見守りつつも、俺の鞄を見る。

アルツェリオ王国内のギルド競売にて、三千万レイブもの高値が付いた金貨。

リピに持っていけと数百枚は持たされた、あれのことかな。

俺は鞄の中に手を入れて。

嘆くポトス爺さんに杖と金貨を掲げて見せると、爺さんの目が次第に大きく見開かれた。

今日一日でどんだけポトス爺さんの目を大きくしたことやら。

「両方……持っていたりします」

あるわけがないと言われていた幻の品々は、俺が両方とも持っていました。

ゾルダヌを救えないと思い悲しみに暮れた面々も、俺の手にしている品を見、固まっている。

なんだか申し訳ないことをした？　いや、両方とも持っていたんだからラッキー、くらいに思ってくれないと。

二つの品を手に入れるまで、愛と友情の壮大な旅が始まらなくて良かっただろうが。

振り返ると、いつの間にやら俺に注目していたクレイとブロライトは。

微妙な空気を纏い、苦虫を噛み潰したような顔をしていた。

せめて良かったねと。

笑おう？

＋　＋　＋　＋　＋

ゾルダヌに埋め込まれた魔石は、特別な薬液を用いて砕くと良いらしい。

用意した素材をすべて混ぜ、純度の高い魔力で溶かす。

その神秘なる薬液は、こう呼ばれている。

完全回復薬《リディアル》と――

大空を華麗に飛び回るヘスタスは、どっちが魔王なんだと思わせるほどの圧倒的な力を見せつけていた。

古代遺物《アーティファクト》の機械人形《オートマタ》は、存在そのものが超一級の宝物。現存する機械人形《オートマタ》は少なく、アルツェリオ王国の王都にある国立博物館なんてところに展示されるような代物なのだ。

そんな博物館クラスのロボが今、背後のジェットから火を吐き、鋭い十文字槍を振り回している。ジェットエンジンの火はただの演出です。

機械人形《オートマタ》が動き回る姿なんて、この時代では生涯目にすることもないと言われている。だがしかし、そんな超レアなツチノコ的存在が、空を飛んでいるのだ。

後でいろいろと聞かれるんだろうな。

説明するのが究極めんどくさい。

ヘスタスは飛びながら見事な槍さばきを魅せた。

あの姿はクレイに似ている。いや、クレイがヘスタスの槍術を真似たのだろう。クレイは武闘槍術っていう技能《スキル》を持っていた。

「他者の魔力を利用し、弱者を踏み台にする王なんざ聞いたことがねぇ！　王ってぇのは、上に立つモンってぇのは、弱いやつらを守るために存在すんだ！」

「軟弱なことを！　強者でなければ民は救えぬ！　弱者はただ消えるのみ！　脆弱な者など必要はない！」

「クソゲモラ野郎が！　魔力のあるなしでしか価値を見出せないようなやつら、滅んじまえ！　魔力がなくたってなぁ、そいつにしかできねぇことはいっぱいあるんだよ！　美味い飯を作れる！　すげぇ勢いで穴を掘れる！　それだけで立派じゃねぇか！」

「ぐぎゃあーーっ！」

ヘスタスのごんぶと尻尾が魔王の背中に炸裂。あれは、痛い。

転移門《ゲート》の穴から外を眺め、ヘスタスの声を聞いたハヴェルマたちは顔を曇らせた。

ハヴェルマはもともとユグルの中で魔力の強い、優秀な者たちばかりだった。魔法の扱いが不得手な者を蔑むユグルには、ヘスタスの言葉は耳が痛いのではないだろうか。

「弱ぇやつらがどんな気持ちでいるのかわかんねぇんだろうよ！　虐げられ、一族の恥だと苦しむ気持ちが！」

ヘスタスはただ魔王に向けて訴えているだけ。

だがしかし、ハヴェルマたちは俯き、涙を流していた。

その涙の意味はわからない。

差別をされ、着の身着のままで王都を追われ、明日の食事にも困る生活をした経験を嘆いたのか。

それとも、失った魔力が戻りつつある今、自分たちも誰かを虐げた存在であったと思い出したからだろうか。

ヘスタスは忘れているんだろうな。ハヴェルマがもともと魔力が強いユグルの民だったことを。

「貴様にはわからんのだろう！　偉大なる祖先の血を継いだ正統なる王位継承者が！　わずかな魔

力の優劣で蔑まれ、劣等者だと嘲笑《ちょうしょう》される王族などに用はないのだ！」

誰のことを言っているのか。

魔王はボロボロになりながらも叫んだ。

「外交に力を入れ、他種族との交流にも力を入れるべきだと！　未来を見据えよと我は進言した！　だが誰も聞き入れなかった！　炎神に守護されたユグルに魔力が劣る種族との関わりなど、持つべきではないと！」

うわまじか。

まじか。

「ならば魔力など失くしてしまえば良い！　炎神の守護などいらぬ！　ユグルなど滅んでしまえばいいのだ！」

極論すぎませんか魔王様。

魔王の訴えはわからなくもない。

つまり、自分は魔法の扱いがうまくなくて、王位継承権をもらえなかった。そのせいで馬鹿にされたのかな。魔法がなくても外交ができると訴えたけど、それも却下された。

「だからって炎神を封印して魔素自体を失くしちゃえってのは、無理な話だ」

北の大陸パゴニ・サマクの住人は、ユグル族だけではない。コポルタ族だっているし、人間だっているだろう。どこかにエルフ族の隠れ郷だってあるだろうし、リザードマンもいるはずだ。

多種多様の種族が共存しているのだから、自分たちのことばかり考えてはならない。

そこは魔王の意見に賛成だな。もっと他との関わりを持つべきだったんだ。

閉鎖的だったブロライトの故郷も、少しずつだが門戸《もんこ》を開くようにしている。他大陸のエルフを受け入れ、他種族と交流をし、一族が滅亡しないような道を歩き始めた。

だが、魔王の訴えは誰にも届かなかったのだろうか。

「彼奴《きゃつ》は……あの男は、復讐がしたいのか」

クレイが魔王を見つめながら呟いた。

「復讐……なのじゃろうな。一族に見放され、劣等者じゃと笑われる者の気持ちはわからないでもない」

ブロライトは苦く笑った。

閉鎖的な郷でブロライトは後ろ指をさされていた。ハイエルフ族であり、現女王のれっきとした子供であるのに、両性具有者だからといって一族から爪はじきにされたのだ。

しかし、ブロライトはそれで誰かを恨んだりはしなかった。エルフ族の危機に対し、どうにかしようと外の世界へ旅立った。たとえそれで郷の掟に背《そむ》いた「外」エルフだと言われても、「呪われた血」だと罵倒されても。

ブロライトは負けなかったんだ。

「じゃが、一族を滅ぼしたところで何になる。ただ空《むな》しさだけが残る日々に、なんの価値がある。

わたしには母上がおった。兄上がおられた。リュティカライトもわたしを決して嫌わなかった。あの王には、気持ちを理解する者は一人もいなかったのじゃろうか」

王城の玉座の間で、あれだけ威圧感たっぷりの貫禄ある姿を見せていた魔王が、今は初老の力のない男に見える。

弱者を嫌い続けた、弱者である男の悲痛の叫び。

その声は届いたのだろうか。

己を排除した者たちに。声が届かなかった者たちに。

男の苦しみは、憎しみは、伝わるのだろうか。

誰もが理解できないかもしれない。誰の同意も得られないかもしれない。それだけのことを男はやらかした。今更彼の言葉など聞き入れられないだろう。

しかし、男の声を確実に聞く者がいる。

間近で対峙し、その怒りを受け止める者がいる。

誰もが笑う世を願った、英雄がいる。

「――――やめた」

ヘスタスは構えていた槍を下ろすと、つまらなそうに言った。

俺はただただ空を見上げて思うのだった。

炎神、早くどうにかしろ。

＋　＋　＋　＋　＋

北の大陸の守護神、炎神リウドデイルスを解放した俺たち蒼黒の団。
次なる課題は神秘の薬液作りと、苦しむゾルダヌたちの解放と、それからそれから。
早くトルミ村に帰って温泉に浸かりたいなあと。
ただ願うのであった。

つづく。

月が導く異世界道中
Tsukiga Michibiku Isekai Dochu
あずみ圭
1～16
8.5
TVアニメ化!
2021年7月7日放送開始!
TOKYO MX・MBS・BS日テレほか
CV 深澄 真：花江夏樹
巴：佐倉綾音 澪：鬼頭明里
監督：石平信司 アニメーション制作：C2C
レシート応募プレゼント
キャンペーン実施中!!
2021年6月4日～2021年9月30日まで
詳しくはこちら
●各定価：1320円（10%税込）
●illustration：マツモトミツアキ
1～16巻好評発売中!!
漫画：木野コトラ
●各定価：748円（10%税込）●B6判
コミックス1～9巻好評発売中!!

平凡な会社員の男は、気付くと幽霊と化していた。どうやら異世界に転移しただけでなく、最底辺の魔物・ゴーストになってしまったらしい。自らをシグムンドと名付けた男は悲観することなく、周囲のモンスターを倒して成長し、やがて死霊系の最強種・バンパイアへと成り上がる。強大な力を手に入れたシグムンドは辺境の森に拠点を構え、人化した魔物や保護したエルフの母子と一緒に、従魔を生み出したり農場を整備したり、自給自足のスローライフを実現していく——!

●定価:1320円(10%税込)　●ISBN 978-4-434-29115-9　●Illustration:高瀬コウ

根も葉もない汚名を着せられ、王太子に婚約破棄された挙句に教会を追放された元聖女候補セルビア。

家なし金なし仕事なしになった彼女は、ひょんなことから『剣神』と呼ばれる剣士ハルクに出会う。彼も「役立たず」と言われ、貢献してきたパーティを追放されたらしい。なんだか似た境遇の二人は意気投合!

ハルクは一緒に旅をしないかとセルビアを誘う。

——今まで国に尽くしたのだから、もう好きに生きてもいいですよね？

彼女は国を出て、第二の人生を始めることを決意。するとその旅の道中で、セルビアの規格外すぎる力が次々に発覚して——!?

神に愛された元聖女候補と最強剣士の超爽快ファンタジー、開幕!

●定価：1320円（10%税込）　●ISBN：978-4-434-29121-0　●Illustration：吉田ばな

とある王国で魔導建築を学び、宮廷建築士として働いていた青年、ワーク。ところがある日、着服の濡れ衣を着せられ、抵抗むなしく追放されてしまう。相棒である妖精ブラウニーのウニとともに海を渡った彼は、未開の島に辿り着き、出会った魔獣たちと仲良くなる。その頃王国では、ワークを追放したことで様々なトラブルが起きていたのだが……ワークはそんなことなど露知らず、持ち前の魔導建築の技術で建物を作ったり、魔導重機で魔獣と戦ったりと、島ぐらしを大満喫する!

◉定価：1320円（10%税込）　ISBN 978-4-434-28909-5　◉illustration：ファルケン

ネットで話題沸騰！
アルファポリスWeb漫画
面白い漫画が毎日読める!!
アルファポリスCOMICS
原作 柳内たくみ 漫画 竿尾悟
ゲート GATE 自衛隊 彼の地にて、斯く戦えり
原作 あずみ圭 漫画 木野コトラ
月が導く異世界道中
原作：秋川滝美 漫画：しわすだ
居酒屋ぼったくり
原作 霜月雹花 漫画 華尾ス太郎
愛され王子の異世界ほのぼの生活
原作 朝比奈和 漫画 川越マチコ
転生王子は学園でもダラけたい
原作 まるずし 漫画 海産物
無限のスキルゲッター！
人気連載陣
● THE NEW GATE
● 素材採取家の異世界旅行記
● 異世界ゆるり紀行 ～子育てしながら冒険者します～
● いずれ最強の錬金術師？
● 追い出された万能職に新しい人生が始まりました
● 勘違いの工房主
● 装備製作系チートで異世界を自由に生きていきます
and more...
原作 椎名ほわほわ 漫画 六堂秀哉
とあるおっさんのVRMMO活動記
原作：金斬児狐 漫画：小早川ハルヨシ
Re:MONSTER リ・モンスター
選りすぐりのWeb漫画が無料で読み放題！
今すぐアクセス！ アルファポリス 漫画 検索
アルファポリスアプリ スマホでも漫画が読める！
App Store/Google play でダウンロード！

この作品に対する皆様のご意見・ご感想をお待ちしております。

おハガキ・お手紙は以下の宛先にお送りください。

【宛先】

〒150-6008 東京都渋谷区恵比寿 4-20-3 恵比寿ｶﾞｰﾃﾞﾝﾌﾟﾚｲｽﾀﾜｰ 8F
（株）アルファポリス　書籍感想係

メールフォームでのご意見・ご感想は右のＱＲコードから、
あるいは以下のワードで検索をかけてください。

アルファポリス　書籍の感想　検索

ご感想はこちらから

本書は Web サイト「アルファポリス」（https://www.alphapolis.co.jp/）に投稿されたものを、改稿、加筆のうえ、書籍化したものです。

素材採取家《そざいさいしゅか》の異世界旅行記《いせかいりょこうき》 10

木乃子増緒（きのこますお）

2021年 9月30日初版発行

編集－芦田尚
編集長－太田鉄平
発行者－梶本雄介
発行所－株式会社アルファポリス
〒150-6008 東京都渋谷区恵比寿4-20-3 恵比寿ｶﾞｰﾃﾞﾝﾌﾟﾚｲｽﾀﾜｰ8F
TEL 03-6277-1601（営業） 03-6277-1602（編集）
URL https://www.alphapolis.co.jp/
発売元－株式会社星雲社（共同出版社・流通責任出版社）
〒112-0005東京都文京区水道1-3-30
TEL 03-3868-3275
装丁・本文イラスト－黒井ススム
装丁デザイン－AFTERGLOW
印刷－中央精版印刷株式会社

価格はカバーに表示されてあります。

落丁乱丁の場合はアルファポリスまでご連絡ください。

送料は小社負担でお取り替えします。


ISBN978-4-434-29122-7 C0093